AF220731

HALLOWEEN IN
UNTER
WALD

MARIA WINTER

Bibliografische Information der Deutschen Nationalbibliothek: Die Deutsche Nationalbibliothek verzeichnet diese Publikation in der Deutschen Nationalbibliografie; detaillierte bibliografische Daten sind im Internet über http://dnb.dnb.de abrufbar.

© 2020 Maria-Sophie Walther
Lektorat & Korrektorat: Klaudia Szabo
Umschlaggestaltung: Sarah Scheumer
Satz: Larissa Moritz
Herstellung und Verlag:
BoD – Books on Demand, Norderstedt

ISBN: 9783751948210

Playlist

Miley Cyrus	–	*Mother's Daughter*
Nico Santos	–	*Unforgettable*
One Republic	–	*Rescue Me*
Imagine Dragons	–	*Birds*
Shawn Mendes	–	*Fallin' All In You*
Camilla Cabello	–	*Señorita*
Nico Santos	–	*Play With Fire*
Nico Santos, Lena	–	*Better*
Camilla Cabello	–	*Liar*
Camilla Cabello	–	*Havanna*
Avril Lavigne	–	*I Fell In Love With The Devil*
Imagine Dragons	–	*Monster*
Shawn Mendes	–	*Nervous*
Shawn Mendes	–	*There's Nothing Holdin' Me Back*

1. Kapitel
Angie

Noch eine letzte Kontrolle. Der Eyeliner saß, die schwarze Wimperntusche war sichtbar, aber dezent, und das Make-up deckte alle unliebsamen Unreinheiten der beinahe porzellanartig anmutenden Haut ab. Ein kleiner korrigierender Pinselstrich mit dem zarten Rouge über die Wangen und …

„Fertig", flüsterte Angie mit leuchtenden Augen und drehte ihr Gesicht zu verschiedenen Seiten, um das Ergebnis im Spiegel ausführlich zu begutachten. Ihre Augen leuchteten noch ein wenig mehr. „Perfekt."

Ein strahlendes Lächeln breitete sich auf ihren Lippen aus. Der natürliche Gloss passte wunderbar zu ihren glatten, hellblonden Haaren, die ihr knapp über die Schultern reichten.

Eine gute Dreiviertelstunde hatte sie für ihr Werk gebraucht, da sie sich sonst nicht großartig in Schale warf. Angie klatschte sich nicht jeden Morgen vor der Schule Tonnen von Schminke ins Gesicht und bekam auch keinen Weinkrampf, wenn die Farbe ihrer Boots nicht der ihrer Jacke entsprach. In der Regel war für sie weniger mehr. Aber heute …

Heute Abend *musste* sie einmal eine Ausnahme machen. Schließlich war nur einmal im Jahr Halloween und diese Party im Wald, auf die sie mit *ihm* gehen würde. Bei dem Gedanken beschleunigte sich ihr Herzschlag in freudiger Erwartung. Sie legte ihre Handflächen vor sich auf den Tisch mit ihren Schminkutensilien und atmete tief durch.

Ganz ruhig. Immerhin war sie noch nicht fertig. Es fehlte ein entscheidendes Detail.

Angie schob den Hocker zurück und ging zum Bett in der Mitte des Raumes. Von der Fensterbank aus lächelte sie ein verzierter Keramikkürbis an, um den sich buntes Laub und eine Lichterkette wanden. Angie zwinkerte ihm zu und griff nach den Kleidern auf der Matratze.

Vor ihrem Spiegel hielt sie erst das eine, dann das andere Kleid vor ihren Körper und runzelte angestrengt die Stirn.

„Ganz klar Rotkäppchen", ertönte eine Stimme vom anderen Ende des Raumes und Angie schrie erschrocken auf. Im Spiegel neben ihr tauchte die Gestalt eines Mädchens in ihrem Alter auf. Strähnige, schwarze Haare klebten an ihrer Stirn und den Schläfen. Unter ihrem rechten Auge zeichnete sich ein tiefblauer Bluterguss ab und aus ihrem Mundwinkel rann ein dünner Blutfaden. Am stärksten wurde Angies Blick jedoch von der regelrecht zerfetzten Kehle angezogen. Ein Wasserfall aus getrocknetem Blut ergoss sich über ihren Hals und verschwand zwischen ihren Brüsten in dem dunklen Ballkleid mit altmodischen, breiten Trägern.

„Alles gut, Liebes?", ertönte die vertraute Stimme ihrer Mutter von der anderen Seite der Tür.

Angie betrachtete das Mädchen. Nicht zum ersten Mal hatte sie den Eindruck, dass es aussah, als wäre es einem Horrorfilmklassiker wie *Freitag, der 13.* entflohen.

„Alles gut, Mum", erwiderte Angie mit brüchiger Stimme. Sie räusperte sich. „Da … da war nur eine Spinne."

„Eine Spinne?"

„Ja, eine große schwarze. Ich habe mich erschreckt. Ich fange sie gleich ein und bringe sie raus."

„Wenn du sie rettest, ist sie morgen wieder in deinem Zimmer. Die Viecher musst du mit deinem Hausschuh totklatschen, erst dann hast du Ruhe."

Angie blies hörbar die Luft aus. Warum war der natürliche Drang jedes Menschen, alles Lebendige, was ihm nicht in dem Kram passte, gleich umzubringen? „Mach dir keine Sorgen, Mum."

„Na schön. Dein Vater und ich machen uns jetzt auf den Weg zu den Hollands. Pass nachher auf dich auf, Liebes, und viel Spaß mit deinen Freunden."

Freunde. Das Wort hallte als unangenehmes Echo in ihrem Kopf nach.

Wann hatte sie bei ihren Bekanntschaften zuletzt von einem echten Freund oder Kumpel sprechen können? Es war viel zu lange her. „Danke, bis später", antwortete sie einen Tick zu mechanisch, ehe sie die Stimme des anderen Mädchens zurück in die Wirklichkeit zerrte.

„Die Hollands? Schmeißen diese zwei reichen Säcke dieses Jahr wieder eine exklusive Party mit Liveband und Schampus?"

Angie fuhr herum. „Verdammt, Renée, wie oft habe ich dir gesagt, du sollst dich nicht an mich heranschleichen!"

Renée zuckte mit den Schultern, als wäre sie sich keiner Schuld bewusst. „Sorry, alte Angewohnheit."

„Und was, wenn dich jemand so sieht?" Angie zeigte auf Renées blutverschmierte Kehle und ihre abgewrackte Kleidung.

„Hallo? Das ist mein Kostüm! Halloweentauglicher geht es ja wohl kaum." Renée kam mit einem selbstsicheren Grinsen auf Angie zu. „Du machst dir immer noch zu viele Gedanken."

Ein Satz, den sie schon viel zu oft gehört hatte.

Renée blieb direkt vor ihr stehen, sodass Angie ihre unnatürlich intensiven, türkisfarbenen Augen betrachten konnte. Sie stachen geradezu aus der blassen Haut heraus und bildeten einen eindrucksvollen Kontrast zu den pechschwarzen Haaren.

„Heute ist die Nacht der Nächte, schon vergessen? Und heute wird gefeiert. Immerhin habe ich hierauf das ganze Jahr gewartet", sagte Renée mit aufgekratzter Stimme und griff nach dem pinken Tüllkleid. „Aber nicht damit. Das kannst du mir und der Welt nicht antun, Angie. Ein Prinzessinnenkleid, dein Ernst?"

Angie riss es ihr mit einem frustrierten Stöhnen aus der Hand. „Gib das gefälligst her. Ich dachte, das wäre mal etwas anderes." Sie blickte auf den rosafarbenen Stoff hinab und knetete das perlenbesetzte Dekolleté zwischen ihren Fingern. Ihr Blick wurde glasig und mit einem Mal fühlte sich ihre Kehle viel zu trocken an.

„Angie", sagte Renée betont sanft und griff nach ihren Händen. Ein warmer Strom der Zuneigung schwappte über ihre kalte Haut. „So bist du nicht und das weißt du. Hör auf, dich für jemanden verbiegen zu wollen, nur damit er dich mag."

Im Grunde hatte sie recht, auch wenn Angie sich das schwer eingestehen konnte. Sie seufzte, dann nickte sie und richtete sich auf.

„Komm her." Renée nahm ihr das pinke Kleid ab, drehte sie zu dem Spiegel und hielt das andere Kleid vor ihren Körper.

Es bestand aus einem dirndlartigen, schwarz-weißen Kleid, das bis zu ihren Knien reichte, und einem blutroten Umhang mit Kapuze. Jetzt erkannte sie, dass es keinesfalls altbacken oder bieder wirkte. Im Gegenteil, es würde Angie hervorragend stehen und perfekt zu ihrem Typ passen.

„Du warst immer das Rotkäppchen, Angie." Renée beugte sich über ihre Schulter und schenkte ihr ein aufmunterndes Lächeln.

„Du hast recht", sagte Angie schließlich und nahm ihr das Kleid ab.

„Dafür bin ich da." Renée klatschte in die Hände und lächelte selbstzufrieden.

„Aber du kannst nicht mitkommen", teilte Angie ihr mit, während sie den Kampf mit der engen, schwarzen Thermostrumpfhose begann. Immerhin war es draußen arschkalt und sie hatte nicht vor, als gefrorener Eisblock zu enden.

„Was?" Renée gab einen entrüsteten Laut von sich und blickte sie mit wehleidiger Miene an.

„Das weißt du doch. Es wäre total komisch."

„Aber irgendjemand muss doch auf dich aufpassen."

Angie wusste, dass diese Aufpasser-Nummer nicht ganz ernst gemeint war und wahrscheinlich eher Renées eigenem Vergnügen diente. Dennoch nervte sie diese Aussage.

„Renée." Angie warf ihr einen entschiedenen Blick zu und schlüpfte in ihr Kleid. „Ich bin alt genug, um auf mich selbst aufzupassen."

„Na schön. Wenn du meinst", schnaubte sie und warf die Hände in die Luft.

Angie packte ihren Umhang und hängte die schwarze Kunstledertasche über ihre Schulter, ehe sie vor Renée trat und sie an den Armen packte.

„Ich bin sicher, du wirst dich trotzdem großartig amüsieren. Es gibt genug Partys im Umkreis, die nur darauf warten, von dir unsicher gemacht zu werden."

Renée verzog die Lippen erst langsam, dann immer stärker zu einem frechen Grinsen. „Aber so was von."

„Großartig." Angie stolzierte zur Tür und kroch in ihre dunklen und – wie sie selbst fand – ziemlich heißen Stiefel. „Ich muss los, du findest ja allein raus."

„Viel Spaß bei deinem Date, Angie." Sie konnte es sich einfach nicht verkneifen. „Bist du sicher, dass er der Richtige für dich ist?"

Angie umklammerte die Türklinke und zögerte einen Augenblick.

Der Richtige, hallte es durch Angies Ohren. Was für eine hohle Phrase, die sie dennoch tief in ihrem Inneren immer wieder lähmte.

„Dieses Jahr wird alles anders, Renée. Ganz sicher."

Ohne sich noch einmal umzublicken, verschwand sie aus ihrem Zimmer. Sie spürte Renées Blick auf sich, bis die Tür hinter ihr ins Schloss fiel, und meinte, ein Flüstern zu hören, das sie verfolgte.

„Aber natürlich, Angie."

2. Kapitel
Robbie

„Kannst du wirklich nicht mitkommen?" Robbie blickte seine Mutter über den Tisch hinweg aus so großen Kulleraugen an, wie sie nur einem Zwölfjährigen gegeben waren. Das halb verspeiste Marmeladenbrot ruhte auf seinem Teller und gesellte sich zu einigen einsamen, unangerührten Weintrauben.

„Ach, mein Kleiner. Es tut mir wirklich leid, aber Josie hat sich die Grippe eingefangen und ich muss kurzfristig im Restaurant einspringen."

Robbie kam es vor, als würde sich Josie, ihre Arbeitskollegin, ziemlich häufig die Grippe einfangen. Oftmals auch im Frühjahr oder an heißen Sommertagen, wenn die Schwimmbäder geöffnet hatten. Diese Josie war ein ganz schöner Pechvogel, wenn sie ständig krank wurde und seine Mutter dafür ihre Schicht übernehmen musste.

„Ich weiß." Robbie senkte den Kopf und zählte die Weintrauben auf seinem Teller. Es waren sieben Stück.

„Hey." Seine Mutter streckte ihre Hand aus und legte sie auf seine. „Ich weiß, ich habe versprochen, dass ich dieses Jahr mit dir an *Süßes oder Saures* teilnehme, aber wenn mein Chef mich braucht, muss ich auf ihn hören."

Mamas Chef war so etwas wie Robbies Lehrer in der Schule, hatte sie ihm einst erklärt. Wenn Frau Wagner, seine Deutschlehrerin, etwas sagte, musste Robbie schließlich auch gehorchen. Trotzdem fand er es alles andere als fair, dass Mamas Chef sie ausgerechnet an Halloween rief.

„Kann ich mich nicht trotzdem verkleiden und nach draußen gehen? Bitte!"

„Ganz allein? Ach, Robbie. Was machen deine Freunde? Kannst du dich nicht denen anschließen?"

„Die finden *Süßes oder Saures* doof. Die machen nicht mit."

Doof war noch harmlos ausgedrückt. Auf dem Pausenhof hatte Robbie gehört, wie seine Klassenkameraden Halloween unter anderem als amerikanischen Mist bezeichnet hatten. Mist, den in Deutschland niemand brauchte.

Er fand es ziemlich schade, dass sich niemand in seinem Alter dafür begeisterte. Dabei hatte es doch etwas unglaublich Cooles, sich zu verkleiden und durch die Nacht zu ziehen.

Robbie senkte erneut seinen Kopf, ehe er ihn wieder hochschnellen ließ und zu strahlen begann. „Aber ich kann doch Boomer mitnehmen?"

„Boomer?"

„Ja, klar." Boomer war ein sechsjähriger, schwarzer Schäferhund, der gerade in der Stube nebenan in seinem Bett ein Nickerchen hielt. „Er muss doch bestimmt noch mal Gassi gehen. Da kann ich ihn gleich mitnehmen."

„Ich weiß nicht." Robbies Mutter lehnte sich vor und verschränkte die Finger ineinander. Ihre Stirn legte sich in Falten. Robbie sah ihr deutlich an, wie sie über seinen Vorschlag nachdachte und ihn abwog.

Es war derselbe Gesichtsausdruck, den sie jedes Mal hatte, wenn sie über Robbies Papa sprach. Seitdem er vor fünf Jahren an dieser bösen Krankheit namens Krebs gestorben war, hatte er ihn schon oft gesehen.

Er wusste, dass er ihr fehlte und sie sich noch viele andere Sorgen machte. Um das Geld, um das Haus und diesen unfreundlichen Herrn Lamprecht von der Bank, der ihnen bereits einen Besuch abgestattet hatte.

Obwohl er nur noch vage Erinnerungen an die Zeit mit seinem Vater hatte, beschlich ihn Traurigkeit und sein Herz wurde schwer.

Zudem hatte er sich schon seit Wochen auf diesen Abend gefreut. Er hatte mit seiner Mutter Kürbisse ausgehöhlt und gruselige Gesichter in die Schalen geschnitzt, die Wohnung herbstlich dekoriert und sie hatte ihm sogar ein Kostüm gekauft. Zwar stammte es aus dem Secondhandladen, aber das war Robbie egal.

Und jetzt würde er wahrscheinlich nicht einmal zu *Süßes oder Saures* dürfen.

„Er wird mich beschützen, da bin ich mir ganz sicher", setzte er erneut hoffnungsvoll an.

Boomer und er waren ein Herz und eine Seele, seine Mutter wusste das nur zu gut. Wenn Robbie nicht gerade in ein Buch versunken war, verbrachte er seine Zeit im Garten mit Boomer beim Ballspielen. Während sich seine Freunde zum Zocken vor der Konsole verabredeten, ging er mit Boomer im Wald spazieren.

„Büüüüde, Mama."

„Na gut, aber …" Sie hob den Zeigefinger, um ihren vor Enthusiasmus aufspringenden Sohn zu bremsen. „Du wirst dein Handy mitnehmen, zur Sicherheit. Und du bist in spätestens einer Stunde wieder da, hältst dich von Fremden fern und klingelst nur bei unseren Nachbarn, die du kennst."

Noch bevor Susanne ihren Satz zu Ende gesprochen hatte, war ihr Robbie bereits um die Hüfte gefallen und drohte sie nun samt dem Küchenstuhl umzuschmeißen.

„Danke, danke, danke, Mama. Du bist die Beste!" Ehe sie sich versah, war Robbie in seinem Zimmer verschwunden und kam in Windeseile zurück. Doch dieses Mal stand da nicht der zwölfjährige Junge, der sich in seiner Freizeit mit Naturwissenschaftsbüchern für Kinder beschäftigte, anstatt wie die anderen Jungs Fußball im Verein zu spielen.

Vor seiner Mutter stand ein kleiner Zauberer.

Robbie trug einen lilafarben schimmernden Umhang und einen spitz zulaufenden, abgeknickten Hut. Auf beide waren goldene Sterne aufgenäht, die das warme Licht der Küchenlampe reflektierten.

Es sah vielleicht etwas kitschig aus, kein Zweifel. Aber Robbie war das egal. Mit seinem Einhundertwattlächeln schwenkte er stolz dem hölzernen Zauberstab, während in seiner anderen Hand eine rote Stoffleine baumelte.

„Du siehst toll aus." Susanne nickte ihm zu und blinzelte mehrmals. „Dann hol mal Boomer, aber unter den Umhang ziehst du dir bitte noch eine dicke Jacke an."

Schon war Robbie wieder verschwunden und kam mit einem schwanzwedelnden Schäferhund zurück, der Robbies Mutter bei dem Versuch, ihren beigen Mantel anzuziehen, in dem kleinen Flur vor Aufregung beinahe umwarf. Der Hund schien kurz vor dem Durchdrehen zu sein, seitdem er wusste, dass er heute noch einmal raus durfte. Mehr als einmal musste sie sich bereits gefragt haben, ob Robbie überhaupt in der Lage war, diesen vierzig Kilo schweren Hund auszuführen. Seltsamerweise verhielt sich Boomer in Robbies Nähe beim Spazierengehen friedlich, während er bei Susanne an der Leine ständig versuchte, ihre Schulter auszukugeln.

„Na schön."

Robbie zog sich etwas Wärmeres an und verstaute sein Handy in der Hosentasche, bevor seine Mutter die Haustür öffnete. Boomer sprang sofort hinaus und verschwand in der Dunkelheit des Vorgartens.

Nur der schmale, geschotterte Fußweg zur Gartentür wurde von acht liebevoll verzierten Kürbislaternen erhellt. Robbie wollte dem Schäferhund gerade folgen, bereits vollkommen mit dem Gedanken beschäftigt, wo er zuerst klingeln würde, als ihn die Hand seiner Mutter zurückhielt.

„Hast du nicht etwas vergessen?" Sie lächelte zu ihm herab und in diesem Moment fand er, dass sie wunderschön aussah mit ihren gesträhnten, welligen Haaren und ihren smaragdgrünen Augen. Die rote Haarpracht hatte er eindeutig von seinem Vater geerbt.

Robbie überlegte angestrengt, was noch fehlen könnte, da reichte ihm seine Mutter einen Stoffbeutel.

„Sonst hast du doch gar nichts zum Süßigkeitensammeln."

„Stimmt." Wie hatte er das vergessen können? „Danke, Mama."

Er verstaute den Beutel in einer seiner Jackentaschen und trat mit ihr ins Freie. Kalter Wind blies ihm ins Gesicht und Robbie zog den Reißverschluss seiner Jacke noch ein wenig höher. Aber die fast schon frostigen Temperaturen störten ihn kaum. Kein Wetter der Welt konnte ihn heute davon abhalten, um die Häuser zu ziehen!

Robbie rief nach Boomer, der sofort schwanzwedelnd von der Seite angetrabt kam und sich ohne Probleme anleinen ließ.

„Also, mein Kleiner." Susanne hielt Robbie an den Oberarmen und blickte abermals zu ihm hinab. „Ich wünsche dir heute ganz viel Spaß in Unterwald."

„Mama", stöhnte Robbie augenrollend auf, weil er ihr schon gefühlt Hunderte Male versucht hatte zu erklären, dass kein Kind und kein Jugendlicher diesen Ort so nannte, wie er wirklich hieß.

Unterwald. Ein Dorf mitten im Thüringer Wald, das eine einzige Hauptstraße besaß und in dem es, wenn der ortsansässige Metzger geschlossen hatte, für alle ohne Auto mit Lebensmitteln eng werden konnte. Bus und Bahn gab es hier nicht und die nächste Stadt war gut zwanzig Kilometer entfernt. Nach Steinbach-Hallenberg gingen die Erwachsenen, wenn sie Erledigungen zu treffen hatten und die jungen Leute, weil sie dort zur Schule mussten. Egal auf welche der beiden Schulen man ging – Grund- oder Regelschule – es war eine ungeschriebene Regel, das neue Mobbingopfer zu sein, wenn man aus einem Kaff wie Unterwald kam.

Warum das so war, hatte Robbie nie verstanden. Allgemein verstand er nicht, weshalb man überhaupt jemanden ohne Grund ärgerte. Er fand es nie besonders nett, wenn sich jemand über ihn lustig machte. Leider hatten viele seiner Mitschüler Spaß daran, weshalb er nur wenige Freunde hatte. Doch das spielte keine Rolle. Lieber verbrachte er die Pausen allein, als sich einer bösen Gruppe anzuschließen.

Jedenfalls hatte sich jemand ausgedacht, den Ort nicht mehr Unterwald, sondern Underwood zu nennen. Es klang cooler und nicht so sehr nach Dorf. Seitdem sagte kein Mensch unter fünfundzwanzig mehr Unterwald zu seinem Heimatort. Auch Robbie fand, dass sich Underwood viel besser anhörte.

„In Underwood meine ich natürlich. Pass bitte auf dich auf, und Boomer …" Sie tätschelte den Kopf des Schäferhundes. „Du passt bitte auch auf ihn auf."

Der Hund wedelte zur Antwort freudig mit dem Schwanz und bellte, wie um seine Zustimmung zu signalisieren.

„Pass du auch auf dich auf, Mama."

Susanne lachte und umarmte den kleinen Zauberer noch einmal. „Aber klar, Robbie."

Er beobachtete, wie sie den alten Opel Corsa aufschloss, der vor der Garageneinfahrt geparkt war.

„Wir sehen uns später, ja?"

„Bis nachher, Mama."

Sie schien kurz zu zögern, ehe sie schließlich in den Wagen stieg und aus der Einfahrt rollte. Bevor sie die Hauptstraße entlangfuhr, winkte sie Robbie durch die Frontscheibe noch einmal zu. Robbie winkte zurück, auf dem Gesicht das breiteste Grinsen der Welt. Für ihn zählte nur noch, dass das Abenteuer Halloween endlich beginnen konnte. Er freute sich schon, um die Häuser zu ziehen, und hoffte, dass sein Beutel von Tür zu Tür schwerer werden würde.

Also schnappte er sich Boomer, öffnete die Gartentür und wollte gerade die Hauptstraße überqueren, um bei den Blums, den nettesten aller Nachbarn gegenüber zu klingeln, als er von dem Lichtkegel eines herandonnernden Autos erfasst wurde.

3. Kapitel
Die Gauner

„Alter, der Junge! Pass doch auf!"

Peters erschrockener Aufschrei veranlasste Andy, das Steuer des dunklen Transporters im letzten Moment zur Seite zu reißen.

„Verdammt, du hättest dieses Drecksbalg mit seinem Köter fast erwischt! Ist dir klar, was dann passiert wäre? Was das für uns bedeutet hätte?"

Während Peter, ein neunzig Kilo schwerer Kolloss, dessen Frisur bereits mit Mitte vierzig nur noch aus wenigen Stoppeln bestand, vollkommen in seiner Hysterie versank, wurde Andy mit jeder Sekunde ruhiger. Es wirkte, als ließe ihn der Umstand, dass er beinahe ein Kind überfahren hätte, vollkommen kalt. Er krallte die langen, schmalen Finger ins Lenkrad und sagte durch zusammengebissene Zähne: „Hab ich aber nicht." Viel mehr bereitete ihm etwas anderes Kopfzerbrechen.

Doch Peter schien seinen Einwurf gar nicht zu hören. Er raufte seine nicht vorhandenen Haare.

„Fuck, das wäre unser Todesurteil gewesen."

„Peter." Andys Stimmfarbe erinnerte an ein aufziehendes Gewitter.

„Alter, das war verdammt knapp."

„Peter, halt die Schnauze oder ich stopfe sie dir mit deinen Pistazienschalen."

Beide schauten gleichzeitig in Peters Fußraum, in dem Überreste seines Lieblingssnacks verteilt lagen. Andy hatte ihn etliche Male darauf hingewiesen, dass er eine Tüte für die Schalen mitnehmen sollte – vollkommen hoffnungslos. Nach mittlerweile sieben Jahren ihrer Zusammenarbeit hatte er aufgehört, seinen Partner darauf hinzuweisen, was in diesem Moment nicht dazu beitrug, seine Laune zu bessern.

Andys Blick glitt noch einmal zu Peters Schoss, auf dem die Verpackung mit den Pistazien lag, ehe er ihn wieder stur auf die nächtliche Straße richtete. Zwar war es erst kurz nach halb neun, allerdings war es bereits stockdunkel und das fahle orangefarbene Licht der gefühlt jahrhundertealten Straßenlaternen half nicht, die Sicht zu verbessern. Weshalb er beinahe diesen Jungen und seinen Hund überfahren hätte. Er hatte die beiden zu spät bemerkt.

Neben Andy erklang ein reumütiges: „Tschuldigung, Andy."

„Schon gut", knurrte er zurück.

Andy wusste, dass Peter aufgeregt war. Mindestens so sehr wie er. Erst recht nach dem verpatzten Plan vorhin. Im Gegensatz zu Peter spiegelte sich seine Unruhe jedoch nicht in nutzlosem Geplapper wieder, sondern zeigte sich durch seine immer lebloser werdende Mimik.

„Wenn du hier lebst, befindest du dich echt am Arsch der Welt." Peter schaute durch die Beifahrerscheibe nach draußen. Gerade fuhren sie am örtlichen Friedhof vorbei. Weiter entfernt sah er einige Lichtfetzen. Brannte dahinter etwa ein Feuer?

„Ein richtiges Kaff", bestätigte Andy. Was auch einer der Hauptgründe war, weshalb sie sich Unterwald als Ziel ausgesucht hatten. In ihrer Karriere als Räuber und

Diebe waren sie bereits in ganz Deutschland unterwegs gewesen und wenn Andy eines dabei gelernt hatte, dann, dass er Dörfer mit aussichtsreichen Objekten zu gewissen Zeitpunkten einem Penthouse in der Großstadt vorzog. Es war zwar nicht so anonym und die Gefahr, von irgendeiner achtzigjährigen Oma entdeckt zu werden, die nicht schlafen konnte und nachts an ihrem Fenster über Hof und Straßen wachte, bestand immer. Dafür gab es in Nestern wie diesem weit und breit keine Polizei. Selbst wenn sie von irgendjemandem bei ihren nächtlichen Spritztouren erwischt wurden, wären sie längst über alle Berge, ehe man das Wort *verhaften* auch nur aussprechen konnte. Diese Annahme hatte sich bereits bei Dutzenden Einbrüchen bestätigt.

„Hier sind immer noch zu viele Menschen. In den Häusern brennt überall Licht, Andy."

Andy brummte zustimmend. Noch hatten sie kein Objekt ausfindig machen können, was ihnen heute Nacht den Arsch retten würde. Aus dem hinteren Teil des Wagens drangen dumpfe Laute nach vorn in das Fahrerhaus. Laute, die Peter an einen Handwerker erinnerten, der sich auf einer Baustelle den Kopf gestoßen hatte und danach vor Schmerzen aufstöhnte. Sie machten ihn noch nervöser.

„Das würde echt zu diesem verschissenen Abend passen, wenn wir jetzt nichts Geeignetes finden", beschwerte sich Peter.

„Wir werden etwas finden." Im Gegensatz zu seinem Partner konnte es sich Andy nicht leisten, an allem derart zu zweifeln. Bei einer Gaunertruppe bestehend aus zwei Leuten reichte *ein* Pessimist völlig aus.

Wobei Peter nicht ganz unrecht hatte. Dieser Abend war bisher in der Tat alles andere als reibungslos abgelaufen. Sie hatten sich ihr Zielobjekt in Unterwald bereits vor zwei Wochen bei ihren täglichen Spähtouren ausgesucht. In diesem Kaff waren die meisten Häuser mehr oder weniger runtergekommen, am Nordhang zwischen Fichten und Tannen standen jedoch drei riesige Hütten. Zwei neuartig gebaute Villen und ein massives Holzblockhaus. In der Einfahrt zu dem Blockhaus parkte ein fetter schwarzer Jeep und für Andy und Peter war schnell klar: wer Kohle für so ein Haus und seine Karre hatte, der musste noch wesentlich mehr Schotter besitzen. Die zwei anderen Häuser waren daher schnell aus dem Rennen.

Als *Zugriffstag*, wie es Andy so schön nannte, hatten sie sich auf den 31. Oktober geeinigt. Blöderweise hatte keiner daran gedacht, dass an diesem Tag auch Halloween war. Mal im Ernst, wer feierte in Deutschland Halloween? So ein Schwachsinn.

In Unterwald schien ohnehin nicht viel los zu sein, weshalb Andy und Peter an ihrem Plan festhielten, die Bude durch die Terrassentür vom Wald aus zu stürmen und die daheimgebliebenen Hauseigentümer gefangen zu nehmen.

Früher hatte Andy stets gewartet, bis die Eigentümer das Objekt verlassen hatten. Mittlerweile war er jedoch so abgebrüht, dass ihn das nicht mehr interessierte.

Außerdem: Wenn Andy seine Knarre zückte und Peter seinen Baseballschläger in der Hand wog, spurten sie alle.

Da spielte selbst das relativ junge Alter des Pärchens – Mitte dreißig – keine Rolle. Etwas, das er bereits gewusst hatte, als er sich via Internet über die beiden schlaugemacht hatte.

Also hatten sie sich darangemacht, das Licht auszuschalten, die beiden zu fesseln und sich einen groben Überblick über den Inhalt des Hauses zu verschaffen. Was sie auf den ersten Blick erkannten, sah vielversprechend aus. Teurer Schnickschnack und einige, wenn leider auch nur wenige interessante Hightechgeräte. Das war aber bestimmt noch nicht alles. Damit sie jedoch keine wertvolle Zeit bei der Suche nach Wertgegenständen vergeudeten, hatte sich Andy schnell angewöhnt, die Opfer zu befragen. Wenn nötig schreckte er auch nicht davor zurück, die Antworten aus den Leuten herauszuholen. Mit allen Mitteln. Wer nicht reden wollte, war selbst schuld, oder?

Die Sachen anschließend in den Lieferwagen zu schaffen, gehörte zu den leichteren Aufgaben. Es erstaunte Andy immer wieder, wie unbemerkt er und sein Partner agieren konnten, ohne dabei von den Nachbarn wahrgenommen zu werden.

Ein Hoch auf die einziehende Ellenbogengesellschaft, dachte Andy spöttisch.

Aber gerade als sie hatten anfangen wollen, den Zahlencode für den Safe – natürlich besaßen sie einen, und was für einen – zu erfragen, brach im Haus nebenan die Hölle los.

Hatten diese reichen Säcke von Nachbarn tatsächlich eine Liveband für ihre Party bestellt? Und welche verfluchte Liveband begann bereits um acht Uhr abends zu spielen?

Scheiße, die ganze Sache wurde Andy und Peter zu heikel. Was, wenn irgendjemand auf die Idee kam, am Blockhaus zu klingeln? Oder schlimmer noch: Was, wenn jemand ihre Umrisse durch die bodentiefen, gardinenlosen Fensterscheiben sah und die Polizei rief?

Ihren großen Fang wollten sich die beiden jedoch nicht nehmen lassen und verfrachteten den Mann und die Frau kurzerhand in den Lieferwagen, um die Befragung an einem anderen Ort durchzuführen und später zu dem Haus zurückzukommen. Zu einer Stunde, in der diese bescheuerten Nachbarn und ihre Gäste hoffentlich alle stockbesoffen sein würden.

War es eine besonders kluge Entscheidung gewesen, die beiden mitzunehmen und die nächsten Stunden in der Schwebe zu hängen? Vermutlich nicht die Beste, die Andy und Peter je getroffen hatten, aber das spielte momentan keine Rolle. Jetzt konnten sie nichts mehr an ihrer Situation ändern, lediglich das Beste daraus machen.

„Hey, schau mal." Peter zeigte durch Andys Fahrerscheibe. Sie befanden sich mittlerweile kurz vor dem Ortsausgang, hinter dem kilometerlang nur noch düsterer Nadelwald auf sie wartete. „Wäre das nicht was?"

Andy verlangsamte das Tempo, schaltete in den zweiten Gang und folgte Peters Andeutung mit den Augen.

Neben ihnen ragte eine schmale Schottereinfahrt mit jeder Menge Schlaglöchern in den Wald.

„Los, fahr mal, da kommt bestimmt noch was."

Andy hatte keine Ahnung, weshalb Peter das annahm, aber ausnahmsweise hörte er auf seinen Partner und bog ab.

Nach einigem Geholper und den dazugehörigen Flüchen tauchte rechts von ihnen ein monströses, geschwungenes Eisentor auf, welches von kahlen Hecken und Büschen zugewuchert wurde.

Hinter dem Tor ragte die Silhouette eines mächtigen Herrenhauses empor. Es schien verlassen und hatte den perfekten Standpunkt. Außerhalb von Unterwald und damit auch abgeschirmt vor neugierigen Blicken, und dennoch nah genug am Zielobjekt.

Andy schaute zu Peter hinüber und auf seinen Lippen breitete sich ein raubtierhaftes Grinsen aus. Vielleicht würde sich diese Nacht für die beiden Räuber doch noch zum Guten wenden.

4. Kapitel
Angie

„Oh Gott, Robbie!"

Angie sprang von dem Türstein hinab auf den angrenzenden Gehweg. „Geht es dir gut?" Sie berührte den Jungen, den sie bereits seit seiner Kindheit aus der Nachbarschaft kannte, an den Schultern. Er zitterte leicht vor Schreck. Gerade noch hatte er den rettenden Gehweg erreicht, bevor ihn der schwarze Lieferwagen erfassen konnte.

„Verdammt, Robbie, die Sache war echt knapp. Alles in Ordnung?", fragte Angie ein weiteres Mal, bis sie begriff, dass es nichts brachte, auf diese Weise auf den Jungen einzureden. Besorgt, aber doch mit einem vorwurfsvollen Unterton.

Was der Kleine jetzt brauchte, war wahrscheinlich einfach eine Umarmung, und die gab sie ihm. „Ganz ruhig, nichts passiert."

Sie spürte, wie er an ihrer Brust zu schluchzen begann und augenblicklich zog sich ihr Herz schmerzhaft zusammen. Angie schob ihn ein Stück von sich, um ihn anzusehen. In seinen grünen Augen, die er von seiner Mutter geerbt hatte, sammelten sich Tränen.

„Hey, es ist nichts passiert. Alles gut."

„Ich … ich habe zur Seite geguckt, ehrlich. Aber … aber ich habe ihn nicht gesehen."

Angie hielt ihn noch immer an den Schultern. „Das hätte niemand. Der Wagen war einfach zu schnell. Es ist nicht deine Schuld." Sie setzte ein aufmunterndes Lächeln auf, auch wenn sie innerlich diesen Volltrottel von Autofahrer für seine rücksichtslose Fahrweise verfluchte.

„Bist du sicher?"

„Total." Angie nickte eifrig. „Pass trotzdem immer gut auf dich auf. Du siehst, was es für … ignorante Leute gibt." Den weitaus schlimmeren Kraftausdruck verkniff sie sich.

Robbie nickte und sein Gesichtsausdruck wurde ein wenig fröhlicher.

„Und jetzt lass mich erst mal deinen Kumpel hier begrüßen. Hi Boomer."

Angie liebte den Schäferhund und er liebte sie. Wenn er im Vorgarten war, versorgte sie ihn nach der Schule stets mit einer Portion Leckerlis und knuddelte ihn durch den Zaun hindurch ausgiebig. Kein Wunder, dass er ihr am liebsten aus purer Freude das ganze Gesicht abschlecken wollte.

„Sorry mein Junge, morgen wieder", versuchte sie den Hund zu bremsen, während sie seinen Hals kraulte.

„Gehst du auch zu *Süßes oder Saures*?"

Angie lachte ein freundliches Lachen. Wie sie von Robbies Mutter erfahren hatte, war er einer der wenigen Kids, die Halloween jedes Jahr herbeisehnten und an diesem Abend irgendetwas Passendes unternehmen wollten. Angie war als Kind ähnlich gewesen. „Nein, Robbie. Dafür bin ich doch etwas zu alt. Aber ich geh zu einer Halloweenparty."

„Zu der, die jedes Jahr hinter der Kirche steigt?"

Angie nickte zustimmend.

„Cool, da will ich auch mal hin."

„In ein paar Jahren gehen wir zusammen hin, abgemacht?" Sie streckte ihm die Faust hin.

Robbie boxte zurück. „Abgemacht."

„Hab viel Spaß dabei, die Leute rauszuklingeln."

„Und du beim …" Robbie zog eine Schnute. „Bei was auch immer Teenager in deinem Alter tun."

Mit einem schallenden Lachen zog sich Angie die Kapuze über und machte sich auf den Weg in Richtung Friedhof. Er lag am anderen Ende Underwoods, trotzdem brauchte sie keine zehn Minuten, ehe sie den schmalen Trampelpfad einschlug, der um das hölzerne Friedhofstor und die umzäunten Gräber herumführte. Underwood war nun mal klein. Sehr klein.

Sie folgte dem Weg und achtete bei jedem Schritt auf den steinigen Untergrund, der allmählich von Wurzeln durchzogen wurde. Der Friedhof lag direkt am Wald. In diesem düsteren Waldstück, genau hinter Dutzenden begrabenen Toten, stieg jedes Jahr die berüchtigte Halloweenparty. Auf Außenstehende mochte das makaber wirken. Für die Unterwaldler war es keine größere Sache, als wenn ein Hund bellte. Auch Angie fand das überhaupt nicht ungewöhnlich.

Zwischen den Ästen erkannte sie das Lagerfeuer und ihr Herz setzte für einen Schlag aus. Lässig an einem Stamm gelehnt stand *er*. Der Grund, weshalb Angie heute Abend das Haus verlassen hatte und hierhergekommen war, anstatt eine weitere Folge der dritten Staffel von *Tote Mädchen lügen nicht* auf Netflix zu schauen.

Sie betrachtete sein attraktives Äußeres – kurze braune Haare, hohe Wangenknochen, grasgrüne Augen, schlank aber insgesamt muskulös – welches in definitiv heißen

Klamotten – schwarze Lederjacke und Jeanshose – steckte.

Leider keine Verkleidung. Sie hätte ihn sich super als Vampir oder lebendiges Skelett vorstellen können.

Angie fand es schade, dass sich kaum jemand zu einer Halloweenparty verkleidete. Sie und einige andere bildeten da eine Ausnahme und Ausnahmen wurden schnell zu Außenseitern.

Aber … dieses Lächeln. Es vertrieb umgehend den sorgenvollen Gedanken, für ihr Kostüm von den anderen ausgelacht zu werden, aus ihrem Kopf.

„Na, meine Hübsche? Heute als Rotkäppchen unterwegs?"

Angie biss sich auf die Lippe und senkte ihren Kopf. Er zog sie in eine Umarmung. „Vielleicht bin ich ja heute Nacht dein böser Wolf."

Sie lehnte an seiner Schulter und spürte die Wärme, die von seinem Körper ausging. Er roch nach einer Mischung aus gegerbtem Leder und Aftershave. Einer ziemlich männlichen Mischung, wie Angie fand.

Er hatte sie zuvor schon zwei Mal umarmt, aber heute fühlte es sich anders an. Intensiver. Besser. Angie begrüßte das Prickeln, das durch ihre Adern floss und ihr ein molliges Gefühl in der Magengegend bescherte.

„Mir wäre es lieber, es würde heute nicht wie in dem Märchen ablaufen, Derek", sagte sie an seine Schulter gelehnt.

Er löste sich aus ihrer Umarmung und setzte ein breites Grinsen auf. „Also doch ein guter Wolf?"

Angie konnte nicht anders, sie grinste zurück. „Auf jeden Fall."

Derek ging mit ihr auf das Gymnasium in Suhl. Anfangs hatte sie ihn für einen der typischen

Oberstufenproleten gehalten. Gutaussehend, arrogant, eigensinnig. Aber dann hatte er sich für ein Projekt in Geschichte zum Thema *Schwarzer Tod – Die Pest im vierzehnten Jahrhundert* gemeldet und wollte unbedingt mit Angie zusammenarbeiten. Mit dem Mädchen, das nicht nur seine Zeit während des Unterrichts, sondern auch den Großteil seiner Pause gezwungenermaßen allein verbrachte. Angie war mehr als verblüfft gewesen und zu ihrer Überraschung lief die Zusammenarbeit richtig gut. Sie trafen sich regelmäßig in der Schulbibliothek, um zu recherchieren oder die Präsentation vorzubereiten. Vor dem Vortrag hatte er sie sogar zu einem Kaffee eingeladen, um die Notizen noch einmal gemeinsam durchzugehen. Nachdem sie von ihrer Geschichtslehrerin zwei Mal vierzehn Punkte für ihre Mühe – eine saubere Eins – kassiert hatten, blieb der Kontakt zwischen ihnen bestehen.

Derek hatte nach ihrer Handynummer gefragt und seitdem schrieben sie einander mehrmals täglich. Selbst wenn es dabei nur um Kleinigkeiten wie *Wie war dein Tag?* oder *Wie lief die Klausur?* ging, bedeute es Angie eine Menge. Denn er war der einzige Junge, mit dem sie in Kontakt stand. Egal, in welcher Form. Jedes Mal, wenn sein Name auf ihrem Display auftauchte, machte ihr Herz einen freudvollen Überschlag.

Und dann hatte er vor zwei Tagen gefragt, ob sie mit ihm zu der Party gehen wollte. Nun stand Angie hier und hatte mit diesem wirklich heißen und vor allem netten Kerl, der noch dazu von der halben Oberstufe angeschmachtet wurde, ein richtiges Date.

Kein Wunder, dass sie vorhin beinahe das Prinzessinnenkleid ausgewählt hatte. Ihre Gefühle fuhren momentan Achterbahn, diese doofen kleinen Dinger. Aber auf der anderen Seite war dieses Gefühlschaos auch ziemlich aufregend, wie Angie sich eingestehen musste.

Derek griff zum allerersten Mal nach ihrer Hand, was ihr auf der Stelle einen leichten Stromstoß versetzte und ihren Puls vor Freude in die Höhe trieb. Er wollte sich schon zu dem Feuer hinter ihnen umdrehen, als er noch einmal innehielt und Angie damit leicht irritierte.

„Hey, Angie. Hör mal, da gibt es noch etwas, was ich dir gern sagen würde, bevor wir zu den anderen gehen."

Angies Lächeln fror auf der Stelle ein und sie rechnete instinktiv mit dem Schlimmsten. Dass er sie doch noch abservieren würde oder ihr erklärte, dass das alles ein großes Missverständnis war.

„Ich möchte nicht, dass du dich von anderen Leuten ärgern lässt oder dich über sie ärgerst, falls sie irgendetwas Beklopptes sagen. Du bist ein tolles Mädchen, ein richtiger Geschichtsprofi." Er lächelte sie liebevoll an. „Und du siehst umwerfend aus und jeder, der etwas anderes behauptet, ist ein absoluter Trottel."

Angie konnte nichts erwidern. Ihre Stimmbänder verweigerten ihr den Dienst, so gerührt war sie von seinen Worten. Was sollte sie auch sagen? Außer, dass dies das Netteste war, was je ein Mensch zu ihr gesagt hatte? Sie nickte nur und folgte Derek zwischen den gebogenen Ästen der Fichten hindurch zu der Party.

Musik hallte um das Lagerfeuer. Sie kam von zwei großen Boxen, die neben Bierkisten standen. Gerade lief *Señorita* von Camilla Cabello und einige junge Leute tanzten dazu, während andere auf Baumstämmen und in dicke Jacken gepackt um das Feuer saßen und sich von den Flammen wärmen ließen.

Angie spürte Blicke auf ihrem Körper, als sie mit Derek zwischen den Bäumen auftauchte. Eine

Neugierde, die wahrscheinlich mit ihrer Verkleidung zusammenhing. Sie war neben einem Teufel, einer Hexe und einem Engel nahezu die Einzige, die sich halloweenmäßig in Schale geworfen hatte, so weit sie das beurteilen konnte. Aber ihr war gleichzeitig auch klar, dass sie nicht nur deswegen angestarrt wurde. Vermutlich hatten diese Blicke auch nicht unbedingt etwas mit Derek zu tun, der gerade ihre Hand gut sichtbar für alle anderen hielt.

Sie ignorierte den Kloß in ihren Hals, der sich mal wieder bilden wollte und tat, was sie immer tat: starrte geradewegs durch alle anderen hindurch, als gäbe es diese Menschen gar nicht.

„Hey jo, Derek", ertönte ein Ruf von der Seite.

An einen Baum gelehnt, hockten zwei Jungs mit den typischen giftgrünen Trainingsjacken von Underwoods Fußballverein. Der mit den blonden, zurückgekämmten Haaren hielt in der einen Hand eine Flasche Bier, während er mit der anderen über den Hintern seiner Freundin fuhr, die in einer wirklich aufreizenden Position auf seinem Schoss saß. Der andere hatte seine dunkle Frisur mit jeder Menge Gel nach oben gestylt und zog gerade an einer Kippe.

Angie kannte die beiden. Ben und Stanley. Sie gingen ebenfalls auf das Gymnasium in Suhl, sogar in ihre Klasse. Ganz nebenbei waren sie als Stürmer die *Stars* des Fußballvereins, in dem auch Derek trainierte.

Für Angie zählten sie ganz klar zu den Oberstufenproleten. Außerdem waren sie Dereks Freunde.

Ben machte eine heranwinkende Handbewegung.

„Wollen wir mal rüberschauen? Wir müssen aber ni…"

Angie war überrascht von seiner Frage. Sie hatte angenommen, er würde direkt seine Kumpels ansteuern.

„Klar, kein Problem", schnitt sie ihm eilig das Wort ab. Sie wollte nicht als Spießerin gelten, auch wenn sie auf die Gesellschaft dieser beiden Idioten gern verzichten konnte.

Derek bedachte sie noch einmal mit diesem süßen Lächeln, das sie augenblicklich neuen Mut schöpfen ließ, dann machten sie sich auf den Weg zu seinen Freunden.

„Na, du Loser, heute Abend auch hier?", begrüßte ihn Stanley mit einer stürmischen Umarmung.

„Aber sicher."

„Sorry, Derek, ich würde dich ja auch gebührend empfangen, aber …" Ben deutete auf die Kurven des platinblonden Mädchens.

Alle drei fingen an zu lachen.

„Keine Sorge, ich verstehe dich bestens." Derek umgriff Angies Hand ein wenig fester und augenblicklich fühlte sie sich in dieser durchaus unangenehmen Situation ein wenig besser.

„Wie ich sehe, hast du heute Angie im Schlepptau." Stanley sprach über sie, als wäre sie überhaupt nicht anwesend und machte auch keine Anstalten, sie in irgendeiner Weise zu begrüßen.

„Ein Date?", hakte Ben nach.

„Aber so was von." Er sagte es an Angie, nicht an seine Kumpels gerichtet, was ihn sofort noch ein wenig sympathischer machte.

„Na, wenn das so ist." Erst jetzt reichte Stanley ihr seine Hand. „Dann sei herzlich willkommen, Angie."

Mit einem leichten Lächeln, aber definitiv widerwillig, schlug sie ein.

„Ja, macht es euch gemütlich", sagte Ben und zeigte neben sich auf den Baumstamm. „Aber zuvor kannst du uns und deinem Kerl noch ein Bier holen." Etwas Herausforderndes, Misstrauisches lag in Stanleys Blick. Angie hätte wetten können, ihrer sah nicht anders aus. Es war kein Geheimnis, dass sie von diesen Sportassis, die dachten, ihnen würde die gesamte Welt gehören, nicht viel hielt. Es war ein Wunder, dass Derek mit seiner netten Art aus diesem Muster fiel.

„Das wird sie ganz sicher nicht tun", hielt Derek sofort dagegen.

Angie berührte seinen Arm. „Doch, kein Problem. Das mach ich gern."

„Aber ..."

„Ehrlich, kein Ding."

Angie löste ihre mit seiner Hand verschränkten Finger und steuerte die Bierkisten an, die gegenüber des Lagerfeuers standen. Jeder Meter verschaffte ihr ein Gefühl zurückgewonnener Freiheit. Sie brauchte diesen Abstand für einen Moment, auch wenn sie ganz bestimmt nicht nach Stanleys Pfeife tanzen wollte. Manchmal musste man einer Situation kurzzeitig entfliehen, um die Kontrolle über sie zurückzuerlangen. War es nicht so?

Angie gab dem Kerl, der die Kisten beaufsichtigte, zehn Euro und erhielt dafür im Gegenzug vier Flaschen Bier.

„Die von der Mittelstraße ist auch hier?"

„Ja, als Rotkäppchen verkleidet."

„Als Rotkäppchen, echt jetzt?"

Gelächter ertönte und Angie erblickte zwei Mädchen, die hinter den Bierkisten an einem Baum lehnten und ihre Anwesenheit anscheinend gar nicht mitbekommen hatten, was wahrscheinlich nicht zuletzt an ihrem

Alkoholpegel lag. Die Worte kamen eher lallend als klar und deutlich heraus und ihr aufwendiges Make-up sah bereits total zerstört aus.

„Die ist vollkommen verrückt."

„Du sagst es. Ich habe sie schon mal auf dem Schulflur beobachtet, wie sie Selbstgespräche geführt hat."

Angie blieb wie versteinert stehen.

„Oh ja, ihre berühmten Selbstgespräche. Weißt du noch, als ich auf der Toilette war und sie nicht wusste, dass jemand da ist. Da hat sie sich sogar lautstark mit sich selbst über Frau Hermann, dieses Ungeheuer von Mathelehrerin gestritten. Wahrscheinlich, weil Angie an diesem Tag eine fünf kassiert hat."

Erneut brachen die beiden Lästergören in Gelächter aus.

„Die ist echt absolut durch im Kopf."

„Darauf einen Drink", prostete die eine der anderen zu.

Mit hochroten Wangen und polterndem Herzen stolperte Angie zurück zu Derek und reichte ihm und seinen Freunden das Bier. In ihren Ohren hallten immer noch die gemeinen Worte der Mädchen wider.

„Hey, alles in Ordnung?" Derek schien ihr gerötetes Gesicht und den geknickten Ausdruck bemerkt zu haben.

Angie überlegte einen Moment. Es war nicht das erste Mal, dass gleichaltrige Mitschüler so von ihr sprachen. Mal ganz abgesehen davon, dass sie wusste, wie sie über sie dachten. Würde sie sich jedes Mal komplett fertigmachen, wenn jemand derart schlecht von ihr sprach, dann, tja …

Aus diesem Grund rief sie sich gern Renées Lieblingsspruch in Erinnerung: „Scheiße gibt gern Scheiße von sich." Genauso behandelte Angie diese Aussagen immer. Als einen Haufen Scheiße, der es nicht wert war, dass man sich über ihn aufregte, auch wenn ihr das nicht immer komplett gelang.

Sie atmete noch einmal tief durch, sammelte sich und antwortete dann: „Alles bestens, Derek."

„Sicher?" In seiner Stimme schwang etwas Sanftes mit. Er schien ehrlich besorgt zu sein.

„Ganz sicher."

„Hört endlich auf mit dem Gedusel und pflanzt eure Ärsche hierher", unterbrach Ben sichtlich genervt die Diskussion und zeigte erneut auf den Baumstamm. Dieses Mal kamen Angie und Derek seiner Aufforderung nach.

Derek legte einen Arm um sie und drückte sanft ihre Schulter. Die nächste halbe Stunde ließen sich die Jungs über das letzte Fußballspiel gegen den Suhler SV aus, bei dem Stanley einem Gegner derart zwischen die Füße gegrätscht hatte, dass dieser anschließend vom Spielfeld getragen werden musste.

„Weichei", prustete Ben.

„So was von", stimmte Stanley mit ein. Derek trank einfach, ohne etwas zu sagen, wofür sie ihm sehr dankbar war.

Sie hielt von derartigen Unterhaltungen nicht viel. Aber solange sie dafür in Dereks Nähe war und seine Wärme spürte, nahm sie Bens und Stanleys geistloses Gelaber ausnahmsweise gern in Kauf.

„Was ist das eigentlich für lahme Musik hier?" Stanley schien der Song *Unforgettable* von Nico Santos nicht besonders zu gefallen.

„Vielleicht sollten wir abhauen und daheim im Keller weitertrinken. Da können wir wenigstens ordentliche Mucke draufmachen."

„Bin dabei." Stanley leerte in einem Zug sein Bier und warf die Flasche achtlos auf den Boden.

Angie sparte sich ihren Kommentar und sah zu, wie sich die beiden und Ms. Platinblond – so hatte sie das Mädchen für sich genannt, weil sie dessen Namen nicht kannte – von Derek verabschiedeten. Angie winkten sie lediglich zu, ehe sie zwischen den Bäumen verschwanden.

„Ich weiß, sie sind bescheuert, aber sie haben auch ihre guten Seiten", sagte Derek und leerte ebenfalls sein Bier.

„Es sind deine Kumpels", entgegnete Angie lediglich, weil sie sonst nicht wusste, was sie sagen sollte, ohne damit gleich ihr allererstes Date zu versauen.

„Wollen wir vielleicht an einen etwas ruhigeren Ort gehen, wo wir … etwas Zeit zu zweit haben?", fragte er mit sanfter Stimme. „Ich kenne da einen tollen Platz."

Angies Herzschlag beschleunigte erneut, aber dieses Mal vor Freude. Wollte sie das? Warum nicht? Derek sah nicht aus, als würde er eine Situation ausnutzen. Um ehrlich zu sein, hatte sie bereits den ganzen Abend auf diese Frage gehofft.

„Gerne", brachte Angie lediglich zustande.

Derek stellte seine eigene Flasche und die seiner Kumpels in die Kiste, ergriff erneut ihre Hand und führte sie in den Wald, der zu immer dichterem Dickicht wurde. Angie hatte nicht damit gerechnet, dass sie diesen Weg nehmen würden, und allmählich stellte sie sich die Frage, wo er sie wohl hinführte.

„Alles klar da hinten?", fragte Derek, da sie auf dem schmalen Pfad nur hintereinander laufen konnten.

„Alles gut." Sie war dünn genug, um sich zwischen den Ästen hindurchzuschlängeln. Allmählich lichteten sich die Bäume wieder und sie traten hinaus auf eine ziemlich heruntergekommene Straße, die eher einem gut ausgebauten Feldweg glich.

„So, da wären wir."

Angies Gesichtsausdruck erstarrte zu Eis und mit einem Mal fröstelte sie unter ihrem Umhang.

Vor ihr ragte das Menlowhaus in den Nachthimmel. Ein altes, verlassenes Herrenhaus aus den Anfängen des neunzehnten Jahrhunderts.

Angie warf von der Seite einen überraschten Blick auf Dereks Körper. Sie konnte nicht glauben, dass er sie wirklich hierhergebracht hatte.

Zu einem Gebäude, welches von den Einheimischen auch gerne als Horrorhaus Unterwalds bezeichnet wurde.

5. Kapitel
Die Gauner

Andy parkte den Lieferwagen am Ende der Straße zwischen zwei Fichten, sodass er auf den ersten Blick nicht zu sehen war. Danach begaben sich die zwei, bewaffnet mit Brechstange und Vorschlaghammer, auf die Suche nach einem Loch im eisernen Zaun. Zu ihrem Glück endete die unüberwindbare Einfriedung hinter dem Haus und wurde durch einen einfachen Drahtzaun ersetzt. In diesem tat sich eine schmale Lücke auf, durch die gerade so ein Mensch passte. Da hatte jemand aber schlampig gearbeitet – zu Andys und Peters Glück.

Sie schoben sich durch den Spalt und betraten die Rückseite des Anwesens. Es war ziemlich dunkel, aber die beiden Einbrecher störte das kaum. Ihre Augen hatten sich bereits an die schlechten Lichtverhältnisse gewöhnt, weshalb sie einen verkommenen Garten vor sich ausmachten. Auf Taschenlampen hatten sie bewusst verzichtet. Obwohl die Gegend nahezu verlassen war, erschien Andy das Risiko zu groß, unliebsamen Besuch anzuziehen.

„Wie lange hier wohl keiner mehr war?", fragte Peter, der hinter Andy herlief, während dieser Äste und Gestrüpp vor seinem Gesicht zur Seite schob.

„Eine Ewigkeit", murmelte Andy und achtete auf die Rasenbordsteinkanten unter sich, die vermutlich vor langer Zeit schmale Wege durch den Garten markiert hatten. Neben ihnen erstreckte sich eine Fichte hoch in den Nachthimmel. *Würde sie einmal bei Sturm umstürzen, würde sie das ganze verdammte Dach des Hauses zerschlagen*, dachte Andy abwesend, ehe er sich zurück auf seinen eigentlichen Plan besann.

Sie erreichten die Rückwand des Hauses und suchten sie nach einer Tür ab.

„Hey, sieh mal." Peter deutete neben sich. Eine Treppe erstreckte sich in den Boden neben dem Haus. Sie führte zu einem Kellereingang.

„Bingo", sagte Andy und rüttelte an der Türklinke. Verschlossen. „Peter, dein Auftritt."

Peter setzte die Brechstange an und versuchte die alte Tür aufzuhebeln, doch das Biest erwies sich als äußerst widerspenstig. Wie die meisten alten Dinge.

Nach fünfmaligem Probieren ächzte die Tür schließlich und gab mit einem knackenden Geräusch nach.

„Endlich, du Scheißteil", schimpfte Peter und wischte sich über die Stirn, auf der sich Schweißtropfen angesammelt hatten.

Andy zog die Tür auf und ein muffiger Geruch kam ihnen entgegengeflogen. Eine Mischung aus Staub und abgestandener Luft. Sie warteten eine Minute, ehe sie den Keller des Hauses betraten.

Erst jetzt schaltete Andy kurz seine Taschenlampe ein, wohlbedacht, nicht unnötig umherzufuchteln.

Peter stieß ein leises Pfeifen aus, während Andy den Raum ausleuchtete. Alte Schränke und Kommoden drängten sich an die backsteinartigen Wände, ansonsten war der Raum leer. Mit Ausnahme von vier Stühlen mit Metallgestell, die in einer Ecke übereinandergestapelt ruhten. Als hätten sie auf Peter und Andy gewartet.

„Perfekt." Auf Andys Lippen breitete sich ein erhabenes Grinsen aus. Vielleicht wurde diese Nacht trotz der anfänglichen Startschwierigkeiten ziemlich vielversprechend.

„Du sagst es", stimmte ihm Peter zu.

Rechts führte eine weitere Tür zu einem Raum, der ebenfalls vollkommen leer war. Das reichte den beiden an Informationen.

Sicher hatten hier einmal Leute gelebt, die offensichtlich ziemlich viel Kohle gehabt hatten, aber wer wusste schon, wie lange das her war. So ein altes Haus nach Kostbarkeiten zu durchsuchen, nur um dann festzustellen, dass bereits vor ihnen andere alles ausgeräumt hatten, da hatte Andy nun wirklich keinen Bock drauf. Lieber widmete er sich einer vielversprechenderen Angelegenheit.

„Holen wir sie jetzt?", fragte Peter von der Seite.

Noch immer grinsend antwortete Andy: „Oh ja."

Sie bahnten sich den Weg zurück zu ihrem Wagen und nahmen erneut als Fahrer und Beifahrer Platz.

„Der Rucksack." Andy zeigte auf die Stelle im Fußraum zwischen Peters Beinen.

Peter klopfte die Reste der Pistazienschalen ab und reichte ihn seinem Partner.

Wortlos nahm Andy den Rucksack und wühlte in seinem Inneren herum. Seine Fingerspitzen berührten, was er suchte, und unwillkürlich spannte er seine Muskeln leicht an, ehe er tief ausatmete und die Anspannung einer gewohnten Ruhe wich.

Er lud seine Handfeuerwaffe mit einem Klacken durch. Ein Geräusch, welches ihm durch seine bloße Existenz das Gefühl absoluter Macht verlieh.

„Habt ihr das gehört?", fragte er in den hinteren Teil des Wagens, aus dem nur noch vereinzelt Laute drangen. Er drehte sich um und betrachtete die beiden Geiseln. Ihre Hände waren auf ihren Rücken gefesselt und ihre Gesichter wurden von schwarzen Stoffsäcken verdeckt. Ihre Münder hatte Peter zusätzlich mit dickem Panzertape verschlossen.

So wie sie dalagen, erinnerten sie Peter an eine Dose Sardinen und augenblicklich knurrte sein Magen, obwohl er die ganze Fahrt über gefuttert hatte.

„Dieses … Schnipsen stammt von meiner Glock. Einer Waffe, mit deren Gebrauch ich nicht zögern werde. Es wäre nicht das erste Mal. Ganz besonders werde ich Gebrauch von ihr machen, wenn ihr euch unseren Anweisungen widersetzt oder sonst irgendwie herumzickt, ist das klar?"

Es folgte keine Reaktion.

Hallo? Verdammt, wacht auf, dachte er verärgert.

„Ist das klar?", sagte er lauter und die Stoffsäcke bewegten sich kaum merklich.

„Wunderbar. Also, Folgendes. Wir werden jetzt einen kleinen Spaziergang unternehmen. Versucht dabei einer von euch zu fliehen, knall ich ihn ab. Die Knarre hat einen Schalldämpfer, es wird daher niemand aus Unterwald mitbekommen, was hier geschieht oder auch nicht geschieht. Das liegt ganz an euch."

Wieder eine zaghafte Kopfbewegung.

„Fein, dann legen wir mal los."

Andy schaute zu Peter und beide nickten einander gleichzeitig zu. Dann öffnete Peter die Seitentür des Wagens, packte die Frau an ihren auf den Rücken gefesselten Armen und hievte sie heraus.

„Schön ruhig bleiben, Süße", sagte Peter, während Andy den Mann aus dem Auto zerrte.

„Wir sind genau hinter euch, nur noch einmal zur Info", merkte Andy an und trieb den Mann vor sich her.

Erstaunlicherweise machten die beiden Opfer tatsächlich keine Anstalten zu fliehen. Die Ansage mit Andys Waffe half manchmal, nicht immer, aber doch oft. Anscheinend auch in diesem Fall, was er nur begrüßte. Der Abend begann ihm langsam wieder etwas besser zu gefallen.

Einen oder gar beide Opfer abzuknallen, war jetzt nicht wirklich zielführend. Aus wem sollte er dann den Code für den Safe herausprügeln?

Es dauerte eine kleine Weile, bis sie das Haus erreicht hatten und den Mann und die Frau die Kellertreppe hinabsteigen ließen, aber Andy war sich sicher, dass sich das ganze Prozedere auszahlen würde. Deshalb fiel es ihm nicht schwer, Peter zuzusehen, wie er ihre Opfer mit mühsamer Geduld auf den Stühlen platzierte und sie an das Metallgestell der Stuhlbeine fesselte. Die Mündung seiner Glock blieb dabei immer auf sie gerichtet, nur für den Fall der Fälle.

Andy und Peter betrachteten gemeinsam Peters Arbeit, als er fertig war. Ein erneutes Nicken beider signalisierte dem jeweils anderen, dass es an der Zeit war. Dass es jetzt losgehen konnte.

Peter zog die dunklen Sturmmasken aus dem Rucksack, aus dem Andy zuvor die Seile entnommen hatte, und reichte seinem Partner eine.

Nachdem beide ihre Gesichter verhüllt hatten, ging Peter zu den Gefangenen und zog die Stoffsäcke von ihren Köpfen. Zum Vorschein kam eine Frau, die äußerlich eindeutig jünger wirkte als ihr tatsächliches Alter. Mit ihren hohen Wangenknochen und ihren gelockten, dunkelbraunen Haaren, die im fahlen Lichteinfall durch die drei schmalen Kellerfenster auszumachen waren, gab sie einen ziemlich attraktiven Anblick ab. Zum ersten Mal seit dem Einbruch in ihrem Haus, fand Andy die Zeit, die Dame ausgiebig zu betrachten, und was er sah, gefiel ihm. Das spürte er auch in einer südlicheren Region seines Körpers.

Allerdings war da noch der Mann, und als Andys Blick auf ihn fiel, löste sich sein Verlangen wieder in Luft auf.

Er trug etwas längere, zurückgegelte schwarze Haare und nach seinem athletischen Körperbau zu urteilen, verbrachte er viel Zeit mit Ausdauer- und Krafttraining.

Während er seinen Blick über die beiden schweifen ließ, machte sich ein seltsames Gefühl in ihm breit. Er konnte es nicht genau einordnen oder erklären, aber irgendetwas war merkwürdig an der ganzen Sache. So merkwürdig, dass es ihm eine unangenehme Gänsehaut an seinem gesamten Körper bescherte.

Erst als die Frau ihren Kopf zur Seite drehte, um sich umzusehen, und dabei immer schneller den Raum abscannte, wurde Andy klar, was es war. Beide hatten sich absolut ruhig verhalten, was er so noch nie erlebt hatte. Ein bisschen Panik in den Augen, ein Wimmern, ein Weinen, irgendetwas kam immer. Außer bei diesen Geldsäcken. Für einen Moment war er so verdutzt, dass er den nächsten Schritt vergaß.

Von dieser neuartigen Verwirrtheit irritiert, wurde er erst von Peters Räuspern zurück in die Gegenwart gebracht.

„Wir werden jetzt das Klebeband von euren Mündern entfernen, um euch ein paar Fragen zu stellen. Solltet ihr danach anfangen, um Hilfe zu schreien, wird unverzüglich eine Kugel in euren Gliedmaßen landen, klar?"

Andy hob demonstrativ seine Glock, deren Umrisse der Mann und die Frau auch im Dunkeln würden ausmachen können, und sprach weiter, ohne eine Reaktion abzuwarten. „Wenn wir haben, was wir wollen, werden wir euch selbstverständlich gehen lassen. Ihr werdet leben und wir werden uns nie wieder begegnen. Ich denke, dass klingt ganz vernünftig."

Er wies Peter an, das Klebeband abzureißen. Dabei sackte der Kopf der Frau leicht nach vorn, aber sie fing sich schnell wieder.

Peter gesellte sich zu Andy und – Tada! – beide blieben still. Großartig.

„Fein, also, zuerst …", begann Andy, wurde jedoch von der kratzigen Stimme der Frau unterbrochen.

„Oh mein Gott, Drake! Sind wir etwa …"

„Ja", antwortete der Mann knapp.

„Heute Nacht? An Halloween? Aber das …"

„Es ist noch genug Zeit, Andrea."

Andy betrachtete die Konversation der beiden wie ein Fremder. Als wäre dies nicht sein Spiel, als würde er hier nicht die Regeln vorgeben. *What the fuck? Was erlauben sich diese Missgeburten eigentlich?*

Ein schmerzhaftes Pochen machte sich hinter seinen Schläfen breit und er warf einen Blick zu Peter. An dessen gebeugter Körperhaltung sah er, dass auch ihn diese ungewöhnliche Situation überforderte.

Mit einem Schritt war er bei dem Mann und verpasste ihm eine mit der Faust. Drakes Kopf flog zur Seite.

„Hey hey hey, wir sind hier nicht bei *Wünsch dir was*. Ich stelle die Fragen, klar so weit? Ansonsten haltet ihr eure verdammte Fresse!"

Drake wandte sich langsam in Andys Richtung. Die Lichtverhältnisse hier unten waren wirklich miserabel, spielten dafür den beiden Räubern jedoch voll in die Karten. Umso mehr überraschte es Andy, dass die türkisblauen Augen des Mannes ungewöhnlich hell funkelten. Sie stachen förmlich aus der Dunkelheit heraus und noch dazu fixierten sie jetzt Andys Gesicht. Unter diesem Blick begann Andys Haut zu kribbeln.

„Dann fang mal an, kleiner Mann." Drakes Stimme glich einer eiskalten Klinge, was zu seiner seltsamen Augenfarbe passte.

Zuerst war Andy erneut irritiert von einer derart provokativen Reaktion seines Opfers. Aber nur kurz. Zu sehr kribbelte es in seinen Fingern, ihm für den Spott noch eine zu zimmern, aber er hielt sich zurück. Zuerst das Geschäftliche, dann konnte er sich immer noch an diesem reichen Pisser austoben.

„Dein Name ist Drake Schwarz. Der Name deiner Frau ist Andrea Schwarz. Du bist der Eigentümer von *Holzschwarz* in Suhl, der größten Holzverarbeitungsfabrik in ganz Thüringen. Mit deiner Firma hast du dir ein kleines Vermögen erarbeitet und …"

„Da hat einer aber fleißig gegoogelt, meinen Respekt."

Drake unterbrach Andys Ausführung und wenn dieser ihn besser hätte sehen können, hätte er schwören können, dass sich auf dem Gesicht dieses Arschlochs ein süffisantes Grinsen ausgebreitet hatte.

Was stimmte mit diesem Kerl nicht? Wollte er etwa unbedingt angeschossen werden?

Andy verpasste ihm erneut eine mit seiner Faust und stellte danach fest, dass sein Handschuh schmierig war. Er musste Drake die Lippe blutig geschlagen haben. Sehr gut.

„Drake, bitte …", jammerte die Frau hinter Andy.

„Halt die Klappe, Süße", ertönte es von Peter, der sich direkt neben ihr platziert hatte.

„Du glaubst, ich mache nur Spaß, oder? Du glaubst, das ist alles nur ein Witz, nicht wahr?" Andy musste sich beherrschen, nicht die Kontrolle über seine immer lauter werdende Stimme zu verlieren.

„Ich glaube nicht nur, kleiner Mann. Ich erkenne einen Witz, wenn er vor mir steht."

Drakes einsames Lachen schallte durch den Raum, welches Andy vollkommen fassungslos nur am Rande registrierte. Doch statt ihm noch eine zu donnern, wich er ein Stück zurück und straffte seine Schultern.

„Ein Witz also." Jetzt war er es, der sich räusperte. „Meinst du, die Thorwarts fanden es auch witzig? Ja genau, *die* Thorwarts, macht es *Klick* bei dir?" Die Frau hatte Andy total vergessen. Seine ganze Aufmerksamkeit richtete sich jetzt auf Drake Schwarz.

„Das ältere stinkreiche Ehepaar, das in der Nähe Erfurts gewohnt hat. Der Mann hat einen satten Gewinn mit seinen Aktien an der Börse gemacht und dann, na ja, du kennst die Story sicher. Sie ging durch alle Zeitungen. Sie kauften sich eine riesige Hütte mit Pool, einen richtigen Protz-Mercedes und jede Menge anderen Schnickschnack. Ein perfektes Ziel für uns."

Andy machte eine kurze Pause, ehe er weitersprach. „Dumm nur, dass an dem Abend, an dem wir zugeschlagen haben, ihre Enkelin zu Besuch war. Ich glaube, sie hieß Paula, oder?"

Er drehte sich fragend zu Peter, der brummend zustimmte.

„Du weißt, was mit der kleinen Paula passiert ist, Drake?" Natürlich wusste er das. Ganz Thüringen und

47

halb Deutschland hatten an ihrem Schicksal Anteil genommen.

„Die Kleine war nicht dumm. Sie wäre uns beim Zugriff fast entwischt, ohne dass wir es bemerkt hätten. Sie wollte durch den Garten zu den Nachbarn rennen, um Hilfe zu holen, aber daraus wurde nichts. Weil ich ihr in die Quere kam."

Jetzt näherte er sich Drake wieder und senkte seinen Kopf in einer raubtierartigen Position zu ihm. „Ich habe sie im Pool ertränkt. Vor den Augen ihrer Großeltern. Und soll ich dir was sagen, es war mir scheiß egal, dass an diesem Abend eine Zehnjährige gestorben ist, weil ich letztendlich trotzdem bekommen habe, was ich wollte. Es wird mir auch heute egal sein, Drake Schwarz. Es wird mir egal sein, wenn einer von euch sterben muss, damit wir bekommen, was wir wollen."

Stille legte sich über den Raum und Drake ließ den Kopf nach vorn sinken. Es vergingen einige Sekunden, bevor er seine Stimme wiedergefunden zu haben schien.

„Ihr seid für den Tod dieses Mädchens verantwortlich?"

Andrea Schwarz schnappte nach Luft.

„Ganz recht", antwortete Andy mit etwas übertriebenem Stolz. Er wusste, Peter hatte, was das Foltern und Ermorden von Opfern anging, eine etwas andere Meinung, aber er billigte Andys Verhalten, wenn es notwendig war. Das war es in den meisten Fällen, um zu ihrem Ziel zu gelangen oder zu verhindern, dass sie den Rest ihrer Leben hinter Gittern verbrachten.

Langsam hob Drake seinen Kopf und starrte direkt durch Andys Augen hindurch.

„Ein Witz also, wie ich schon sagte."

Ein unerträglich lautes Knistern ertönte in Andys Ohren und seine Sicht verfärbte sich purpurfarben.

Er stürzte vor und rammte Drake seine Faust gegen die Brust und in den Magen. Solange, bis Drake zu husten begann und Peter seine Arme um Andys Körper schlang.

„Es reicht, Kumpel. Schluss damit."

„Dieser verdammte Wichser." Noch nie war Andy derart außer sich gewesen. Am liebsten hätte er selbst seinem Partner eine gedonnert. Wie konnte der es wagen, ihn zurückzuhalten?

„Ich weiß, ich weiß. Aber das bringt nichts."

Andy stieß einen wutverzerrten Schrei aus und raufte sich die Haare unter seiner Sturmmaske.

Es dauerte eine Weile, bis sich sein Puls normalisierte und er zurück zu seiner alten Professionalität fand.

„Na schön." Er drehte sich zu Drake und Andrea Schwarz um. „Wie wärs, wenn wir das Ganze etwas spannender gestalten, wenn dir das anscheinend nicht ausreicht, Drake Schwarz."

Andy öffnete die Tür des zweiten Raumes und packte Drakes Lehne. Mit einem kratzenden Geräusch zerrte er den Stuhl über den steinernen Boden in das andere Zimmer.

„Ich werde dir jetzt einige Fragen stellen, Drake Schwarz", begann Andy mit sichtlich bemühter Ruhe noch einmal ganz von vorn.

„Ihr solltet uns gehen lassen, kleiner Mann. Um eurer willen." Schon wieder quatschte dieser Dreckskerl einfach dazwischen, aber Andy war bereits an einem Punkt angekommen, an dem er sich nicht von Drake beirren ließ.

„Entweder du sagst mir alles, was ich wissen will, oder mein Kollege da drüben …" Er zeigte durch die offene

Tür. „… wird deiner Frau einen Finger nach dem anderen brechen. Wie findest du das?"

Doch Drake schien sich gar nicht für Andy zu interessieren. Sein Blick haftete auf seiner Frau, die kaum merklich den Kopf schüttelte.

„Wenn ihr sie anrührt, wenn ihr ihr auch nur ein einziges Haar krümmt, werdet ihr euch wünschen, in dieser Nacht niemals nach Unterwald gekommen zu sein."

Andy gab ein spöttisches Lachen von sich. Selbst wenn diese Leute und die Situation nicht dem klassischen Ablauf ihrer Vorgehensweise entsprachen, so waren sie noch immer ihre unbewaffneten Opfer und er besaß eine Glock. „Oh, immer diese leeren Versprechungen. Bitte, lass gut sein.

Falls du es noch nicht bemerkt haben solltest, du bist der Gefesselte und ich bin der Mann mit der Knarre. Also solltest du endlich einmal tun, was man von dir verlangt."

Andy schloss die Tür hinter sich und lehnte sich gegen den Rahmen.

„Na, wie sieht es aus? Bekomme ich, was ich will? Fangen wir doch mit etwas Einfachem an. Mit dem Zahlencode eures Safes zum Beispiel. Und erzähl mir jetzt nicht, du hättest keinen."

Drakes Brust hob und senkte sich in gleichmäßigem Rhythmus.

Seine Stimme glich wieder dieser eiskalten Klinge, als er antwortete: „Das Einzige, was du und dein Freund heute finden werdet, wenn ihr uns nicht sofort freilasst, ist der Tod."

Andy schüttelte den Kopf. „Ganz schön abgedroschen, findest du nicht?"

Er klopfte zweimal gegen die Tür und ein ohrenbetäubender Schrei hallte durch das gesamte Gebäude.

6. Kapitel
Robbie

„Was sagst du da, Junge?"

Frau Wagner beugte sich über ihren Rollator hinweg und hielt eine Hand hinter ihre Ohrmuschel.

„Süßes oder Saures!", wiederholte Robbie nun noch einmal lauter, damit ihn die alte Dame verstand.

„Was soll das sein?", entgegnete sie entgeistert und lehnte sich zurück in den kleinen Flur hinter ihrer Haustür. Ihrem Gesichtsausdruck nach schien sie ehrlich verwirrt.

„Heute ist Halloween, Frau Wagner", half ihr Robbie mit einem ehrlichen Lächeln auf die Sprünge. Er hatte schon oft erlebt, dass die älteren Nachbarn nicht gleich etwas mit Halloween anfangen konnten, und es störte ihn nicht, sie darüber aufzuklären.

„Und?"

„An diesem Abend gehen die Kinder von Haus zu Haus und fragen nach etwas Süßem."

„Also außer dir war noch kein anderer Bursche bei mir."

Das wunderte Robbie nicht. Er hatte auf seinem Weg durch Underwood auch kein anderes verkleidetes Kind gesehen. Mit seinem Faible für Halloween stand er mitten im Thüringer Wald ziemlich allein da.

Frau Wagner zuckte schließlich etwas überrascht und gleichzeitig gelangweilt mit ihren knochigen Achseln.

„Na schön, ich glaube, ich habe noch eine Packung Mon Chéri im Schrank liegen. Da kannst du ein paar von haben."

Robbie sackte auch diese Pralinen ein, wohlwissend, dass er sie daheim angekommen auf jeden Fall an seine Mutter weiterreichen würde. So wie die Bitterschokolade, die andere ältere Mitbewohner in seinen Beutel gelegt hatten. Was jedoch immer noch besser war, als überhaupt nicht geöffnet zu bekommen oder von einigen streng gläubigen Mitbürgern mit den Worten *Wir machen bei so einem Scheiß nicht mit!* abgewiesen zu werden. Das verstand Robbie wiederum überhaupt nicht. Wie konnte man nur so über Halloween reden? Immerhin hielt seine Enttäuschung nicht lange an; sie wich auf dem Weg zum nächsten Haus stets der Vorfreude.

Robbie bedankte sich bei Frau Wagner und hüpfte anschließend die Treppen zu dem Gehsteig hinunter.

Er schulterte den mittlerweile ziemlich schweren Süßigkeitenbeutel, kramte sein Handy heraus und tätschelte gleichzeitig mit der anderen Hand Boomers Kopf. Der Rüde schmiegte sich gegen seine Handfläche.

„Schon so spät." Robbie hatte einen Blick auf die Uhr geworfen, die ihm verriet, dass es an der Zeit zum Umkehren war, wenn er pünktlich zu Hause ankommen wollte. Zwar würde seine Mutter sicherlich noch arbeiten, aber Robbie gehörte nicht zu der Sorte Kinder, die das Vertrauen ihrer Eltern herausforderten oder es gar aufs Spiel setzten.

Andere Erwachsene hätten vermutlich behauptet, Robbie sei ein guter Junge. Mit der Ausnahme, dass sie es bei diesem Jungen tatsächlich so meinten.

„Na komm, Boomer. Ab nach Hause."

Zudem hatte Robbie überhaupt keinen Grund, traurig zu sein. Der Beutel war zur Hälfte voll mit Süßigkeiten aller Art. Dieser Abend hatte sich also richtig gelohnt. Auch wenn er natürlich trotzdem ein bisschen enttäuscht war, dass Halloween schon wieder vorbei war. Manchmal meinte er, schöne Sachen vergingen stets schneller als unschöne.

Mittlerweile machte sich nächtlicher Nebel über der Straße und zwischen den Gassen Underwoods breit. Er kroch mit gespenstischer Langsamkeit über den Boden und bekam durch das orangefarbene Licht der Laternen eine unwirkliche Farbe.

Vor Robbie tauchte die massive Betonbrücke auf, die das Oberdorf mit dem Unterdorf verband und über den Gebirgsfluss führte, der irgendeiner Quelle weiter oben in den Bergen entsprang. Je näher er der Brücke kam, desto deutlicher hörte er sie. Stimmen. Jemand war dort.

Zuerst erkannte er nicht, zu wem die Stimmen gehörten. Das Genie von Ingenieur hatte nämlich vergessen, die Brücke neben Fahrbahn und Gehweg mit einer Laterne zu besetzen.

Erst als er den Anfang der Brücke betrat, entdeckte er die drei Gestalten, die sich auf der anderen Seite befanden. Eine von ihnen, ein Mädchen, hockte auf dem steinernen Geländer, die beiden Jungs standen neben ihr an die Wand gelehnt.

Robbie war weit genug auf der Brücke, um ihre Gesichter zu sehen, und ihm wurde schlagartig klar, um wen es sich bei diesen Kids handelte.

Es waren Carolin, Joe und Patrick. Sie gingen auf Robbies Schule, waren jedoch zwei Klassenstufen über ihm. Robbie hatte aus diesem Grund nie irgendetwas mit ihnen zu tun gehabt, aber ihr Ruf eilte ihnen voraus.

Carolin wurde demnach regelmäßig beim Rauchen hinter dem Schuppen der Umwelt-AG erwischt. Auch jetzt klemmte zwischen ihrem Zeige- und Mittelfinger eine Zigarette.

Joe hatte in einer Pause einen Feuerlöscher von der Wand gerissen und das halbe Treppenhaus in ein Schaumparadies verwandelt. Wesentlich öfter hatte er bereits die Luft aus den Fahrradreifen seiner Mitschüler gelassen. Über Patrick wusste Robbie so gut wie nichts, aber wenn er mit Carolin und Joe rumhing, bedeutete das nichts Gutes.

Robbie wurde mit einem Mal unbehaglich zumute und er fühlte, wie sich eine schwere Kälte in seiner Magengegend ausbreite. Erst recht, als ihm klar wurde, dass es keinen Umweg gab.

Er wollte nicht mit diesen dreien allein auf einer unbeleuchteten Brücke sein. Er wollte ihnen ja nicht einmal im Treppenhaus seiner Schule begegnen!

Mit starr geradeaus gerichtetem Blick beschleunigte er seine Schritte, um die Brücke so schnell wie möglich zu überqueren, und er hätte es sogar fast geschafft, bis …

„Hey, Kleiner. Wo kommst du denn her?"

Es war die Stimme eines Jungen, vermutlich Joes.

Robbie sah bereits das Ende der Brücke. Er ignorierte Joes Frage und ging zielstrebig weiter, doch plötzlich sprang Patrick vor ihn und versperrte ihm den Weg.

Erschrocken und mit weit aufgerissenen Augen, bremste Robbie gerade noch, um nicht direkt in seine Arme zu laufen.

Boomer begann instinktiv zu knurren und in seinem Nacken stellten sich die Haare auf. Eine drohende Geste, die man nicht unterschätzen sollte. Aus Drohen konnte für Hunde schnell ernst werden.

„Wehe, dein Köter greift mich an, dann kannst du aber was erleben", giftete ihn Patrick an.

„Tut mir leid", entschuldigte sich Robbie sofort, weil es genau das war, was Schwächere Stärkeren gegenüber taten. „Er hat sich nur erschrocken." Robbie tätschelte erneut Boomers Kopf und der Schäferhund beruhigte sich allmählich.

„Patrick, sei doch nicht gleich so scheiße zu ihm. Ich meine, guck ihn dir an." Carolin trat um Robbie herum und zeigte auf sein Outfit. Alle drei fingen augenblicklich an zu lachen.

Robbie verstand nicht, was an der ganzen Sache so lustig sein sollte, und er fühlte sich unwohler denn je.

„Ich … ich muss jetzt los. Sonst komme ich zu spä…"

Robbie versuchte sich an Patrick vorbeizuschieben. Ohne Erfolg. Carolin hielt ihn auf.

„Unsinn, du bleibst mal schön hier, Kleiner. Wir kennen dich doch. Du gehst auf dieselbe Schule wie wir, oder?"

„Ich muss wirklich nach Hause …"

„Sieh sich einer diesen Umhang an." Joe zupfte hinter ihm an dem Stoff herum. „Süß."

Wieder begannen alle zu lachen.

Verzweifelt suchte Robbie seine Umgebung nach einer Fluchtmöglichkeit ab, doch keine Chance. Weit und breit war auch niemand in der Nähe, der ihm hätte helfen können.

„Sag bloß, du hast bei den alten Leuten im Ort um Süßigkeiten gebettelt", sagte Patrick und wischte seine Nase an dem Ärmel seiner Jeansjacke ab.

„Na und ob." Carolin schnippte ihre Zigarette auf die Fahrbahn und deutete auf den Beutel über Robbies Schulter.

„Was hältst du davon, wenn du uns einen Blick rein-
werfen lässt?"

„Oder noch besser, wenn du uns was von dem Zeug
abgibst!" Patrick begann zu grinsen, wobei eine sehr
schiefe untere Zahnreihe sichtbar wurde.

„Genau, wir sind doch jetzt so etwas wie Kumpels."
Carolins haselnussbraune Augen funkelten diebisch und
sie streckte bereits ihre Hand aus.

Robbie machte einen Schritt zurück und stolperte gegen Joes Brust. „Nein", sagte er und war selbst von der
Überzeugung in seiner Stimme überrascht. „Sind wir
nicht und ich werde nicht mit euch teilen."

Woher kam dieser merkwürdige Wunsch, diesen drei
Kindern derart zu trotzen? Robbie wusste, dass es klüger
wäre, ihnen etwas abzugeben und einfach weiterzuge-
hen. Zwar mit weniger Ausbeute, aber wenigstens ohne
sich Ärger eingefangen zu haben. Normalerweise hätte
er das auch gemacht, er war schließlich nicht dumm,
aber in diesem Moment konnte er es nicht. Auch wenn
bereits groß und deutlich auf den Gesichtern der drei
stand, dass sie in dieser Hinsicht keinen Spaß und erst
recht keine Niederlage akzeptierten.

Heute war der Halloweenabend, auf den er sich seit
Wochen gefreut hatte, diese Süßigkeiten gehörten ihm
allein und nur er bestimmte, mit wem er sie teilte.

„Was sagst du da?" Das Grinsen schien Patrick gehörig zu vergehen und er ballte die Hände zu Fäusten.

„Weißt du was, das macht überhaupt nichts, Kleiner.
Wir nehmen uns einfach, was wir wollen." Jetzt war es
Carolin, auf deren Lippen sich ein böses Lächeln aus-
breitete.

Mit einem Satz sprang Patrick vor und packte die Träger von Robbies Beutel. Fast hätte Robbie den Beutel

verloren, doch er bekam ebenfalls einen Träger im letzten Moment zu fassen.

Patrick wich gerade noch zurück, ehe Boomer mit seinen Zähnen seinen Arm streifen konnte. Der Schäferhund reagierte auf den Angriff mit lautem Bellen und fletschte dabei gefährlich die Zähne.

„Pass auf, der Hund, Patrick!", rief Joe hinter Robbie. „Los, hol dir den scheiß Beutel", feuerte ihn Carolin an, während Robbie zu kämpfen hatte, in der einen Hand den Träger und in der anderen Boomers Leine festzuhalten.

Patrick zerrte immer stärker an der anderen Seite, doch Robbie hielt tapfer dagegen.

„Komm schon, Patrick."

Carolins feste Stimme verwandelte sich in einen kurzen Aufschrei und Robbie sah gerade noch, wie sie die Hände erschrocken vor den Mund schlug, während er selbst rückwärts taumelte. Der Träger auf Robbies Seite war an einer Stelle gerissen und ehe er reagieren konnte, stolperte er so kräftig gegen Joes Brust, dass dieser hinter ihm zu Boden fiel und genau in einer Pfütze landete.

Für den Bruchteil einer Sekunde schien die Welt um ihn herum sprichwörtlich stillzustehen. Keiner der Anwesenden regte sich oder sagte etwas. Dann hob Joe den Kopf und was Robbie dabei sah, jagte ihm eine Heidenangst ein. Sein Gesicht glich einer wutverzerrten Grimasse und seine Wangen leuchteten förmlich.

„Dafür wirst du bezahlen, du Scheißer."

Noch ehe sich Joe wieder aufrichten konnte, nahm Robbie die Beine in die Hand und sprintete in die Richtung, aus der er gekommen war und die leider genau entgegengesetzt zu seinem Zuhause lag. Aber das war ihm in diesem Moment vollkommen egal. Genau wie der

Süßigkeitenbeutel. Er wusste nur eins: Er musste schnellstmöglich von dieser Brücke runter.

Erst als er die Schritte seiner Verfolger hinter sich hörte, überfiel ihn eine panische Angst, dass er keine Ahnung hatte, wo er hinsollte oder sich verstecken konnte. In diesem Teil Unterwoods kannte er die Leute im besten Fall flüchtig. Er überlegte, zurück zu Frau Wagner zu rennen, verwarf den Gedanken jedoch gleich wieder. Bis sie ihm die Tür geöffnet hätte, wäre er wahrscheinlich längst in Joes Händen und dann … Daran wollte er lieber gar nicht denken.

Wie weit würde der Junge wohl gehen? Robbie wollte nicht warten, um es herauszufinden.

Kurz schoss ihm der Gedanke durch den Kopf, einfach an irgendeiner anderen Tür zu klingeln. Doch was, wenn ihm niemand öffnete? Wenn niemand zu Hause war oder der Bewohner aus Prinzip die Klingel an diesem Abend ignorierte? Zu groß war die Angst, dadurch wertvolle Zeit zu verspielen.

Also rannte und rannte er. Mit brennender Lunge und Tränen in den Augen von der eiskalten Luft und der schier ausweglosen Situation, in der er sich befand.

Boomer bog plötzlich nach rechts in eine Seitenstraße und Robbie ließ sich mitziehen. Er hatte kaum noch Kraft, weiterzusprinten, geschweige denn, den Hund zu bändigen.

„Wir kriegen dich, Kleiner", dröhnte eine männliche Stimme hinter ihm.

„Gleich haben wir dich", ertönte Carolins, jetzt viel näher.

Mit rasendem Puls blieb Robbie plötzlich stehen und zwängte sich durch ein Loch in einem Drahtzaun, der zu einem verwilderten Grundstück führte. Lange würde er ihnen auf der Straße nicht mehr entkommen. Vielleicht hängte er sie so ab.

Seine Hoffnung löste sich jedoch in Luft auf, als er die mannshohe Hecke vor sich sah.

„Jetzt sitzt du in der Falle, du Mistmade!" Das war Joe, definitiv. Und er klang wirklich, wirklich wütend.

Hinter den blattlosen Zweigen des lebendigen Zauns brannte elektrisches Licht. Robbie kniff die Augen zusammen und erkannte noch etwas. Die Umrisse einer Gestalt, einer großen Gestalt. Sie passte zu einem Erwachsenen. Und da war noch etwas anderes, die Gestalt streckte einen Arm aus und winkte ihm zu. Nein, nicht ganz. Sie bedeutete Robbie, zu ihr zu kommen.

Dieses Verhalten kam ihm äußerst merkwürdig vor. Schließlich wusste der Fremde doch gar nicht, wer er war! Außerdem hatte ihm seine Mutter erklärt, dass man nicht zu Fremden gehen sollte. Sie hatte dabei zwar nur von einem Auto gesprochen, Robbie war sich jedoch ziemlich sicher, dass Gärten und Häuser damit auch gemeint gewesen waren.

Innerhalb weniger Sekunden musste er nun abschätzen, was das kleinere Übel darstellte. Die drei Kids, die mit ihm sonst was anstellen wollten oder die unheimliche Gestalt hinter dem lebendigen Zaun.

Hinter sich hörte Robbie etwas rascheln und er begann die Zweige nach einer Lücke abzusuchen. Einige Meter weiter links fand er eine, durch die Boomer und er gerade so hindurchpassten. Die Zweige kratzten dabei schmerzhaft über sein Gesicht, was gut und schlecht zugleich war. Gut zumindest deshalb, weil Robbie annahm, dass seine um einiges größeren Verfolger nicht durch die Lücke passen würden.

Doch Robbie blieb trotzdem nicht stehen. Er packte Boomers Leine und rannte mit ihm auf die Umrisse der fremden Gestalt zu, die sich im Licht eines Türrahmens abzeichneten.

7. Kapitel

Angie

Angie konnte ihren Blick nicht von der beeindrucken-
den, backsteinartigen Fassade des Hauses lösen. Im
Schatten der Erker und Decken ragten schnörkelige Ge-
bilde hinauf bis zum Dach und ließen in der Dunkelheit
kletternde Efeuranken erahnen. Das Gebäude stand inmitten der Fichten, wie ein unerschütterliches Relikt aus
längst vergangenen Tagen, und unwillkürlich hielt Angie die Luft an. Unbehagen kroch in eisigen Schwingen
über ihren Rücken und ließ sie erneut frösteln.

„Angie?" Dereks Stimme drang nur langsam zu ihr
durch. „Angie? Ist alles in Ordnung?"

Erst als er sie sanft am Oberarm berührte, schaffte sie
es, ihren Blick von der Front des Menlowhauses loszu-
reißen, und erinnerte sich, weshalb sie hergekommen
waren.

Ihr erstes Date. Sie hatte ihr erstes Date und offensichtlich plante Derek, es mit diesem Haus in Zusammenhang
zu bringen. Wenn das eine Überraschung sein sollte, war
sie ihm allemal gelungen. Damit hatte sie nicht gerechnet.

Angie strich ihre Kapuze zurück und atmete tief durch,
bevor sie sich an einem vorsichtigen Lächeln versuchte.

„Klar, ich war nur kurz … überrascht. Dass wir hier
sind, meine ich. An diesem Ort."

Jetzt war es Dereks Blick, der zu dem Grundstück wanderte. „Beeindruckend, nicht wahr."

„Ja", hauchte Angie. Unsicher, ob beeindruckend wirklich das passende Wort für das Menlowhaus war.

Derek griff nach Angies Hand und machte einige Schritte auf den Zaun zu.

„Warte, was?" Mit sichtlicher Verwirrung blieb sie abrupt stehen und schaute zu Derek. Auf dessen Gesicht breitete sich ein sanfter, neugieriger und aufgeregter Ausdruck aus. „Was hast du vor?", hakte Angie nach.

„Nach was sieht es denn aus?"

Für Angie sah es nach jeder Menge Problemen aus.

„Das können wir nicht machen! Das wäre Einbruch oder zumindest Hausfriedensbruch, außerdem ist das ohnehin keine gute Id…"

„Angie." Dereks Stimme war so sanft wie eine Feder. Er trat zu ihr und tätschelte liebevoll ihre Wange. „Hab keine Angst. Hier ist niemand außer uns. Wer soll uns schon dabei beobachten? Außerdem ist es ein altes, verlassenes Haus. Für was will man uns bitte bestrafen?"

Angie senkte ihren Kopf und biss sich auf die Lippe. Ihr war immer noch unwohl zumute und ihr Kopf dröhnte leicht, auch wenn weit und breit niemand zu sehen war.

„Und was, wenn einem von uns etwas passiert? Ich meine, das Gebäude ist doch bestimmt mittlerweile baufällig. Wenn eine Decke runterkommt oder wir uns verletzen …"

„Keine Sorge, ich pass auf uns auf. Außerdem ist das unser erstes Date und ich wollte es zu etwas ganz Besonderem machen. Nur für dich."

Normalerweise wären das keine stichhaltigen Argumente gewesen, anhand derer Angie ihm gefolgt wäre.

Aber heute Abend war das mit der Normalität so eine Sache, gerade wenn man von so einem umwerfenden Jungen begleitet wurde. Angie wollte auf keinen Fall wie ein Angsthase aussehen.

Sie hielt Dereks Vorhaben noch drei, vier Sekunden stand. Dann nickte sie schließlich und auf seinem Gesicht breitete sich ein strahlendes Lächeln aus, das bis zu seinen Augen reichte. Dutzende Schmetterlinge begannen bei diesem Anblick in Angies Bauch wild umherzuflattern.

Derek half ihr über den metallenen Zaun. Erstaunlicherweise konnte Angie ziemlich gut klettern. Sie landete in einer eleganten Bewegung auf der anderen Seite.

„Alles okay?", fragte Derek wieder, als er neben sie sprang.

„Alles bestens."

Sie durchquerten den Vorgarten, der nicht so stark mit Gestrüpp zugewuchert war, wie der Garten im hinteren Teil des Grundstücks.

„Die Eingangstür ist garantiert verschlossen", sagte Derek und deutete auf die massive, zweiflüglige Holztür in der Mitte des Gebäudes. „Aber direkt daneben ist ein kaputtes Fenster, das könnte klappen."

Angie erspähte den Fensterrahmen, dessen Scheibe vermutlich mit irgendeinem Stein eines dämlichen Jugendlichen eingeworfen worden war. Sie konnte sich beim besten Willen nicht erklären, weshalb man ein solch imposantes und hübsches Haus beschädigen oder gar zerstören wollte.

Vor dem Haus lag glücklicherweise ein kleiner Holzhaufen. Für Angie sah er ziemlich verdächtig aus. Wahrscheinlich waren sie nicht die Ersten, die das

Menlowhaus näher erkunden wollten. Nein, ganz sicher nicht.

„Derek?" Angie schaute neben sich zu dem Jungen. „Bist du dir ganz sicher, dass du das hier wirklich willst?" Ihre Stimme war zweifelnd, fast verzweifelt, und ließ ihn kurz innehalten.

Derek legte seinen Arm sanft um ihre Schultern. „Ja, bin ich, Angie. Ich will das mit dir. Das soll das beste Date aller Zeiten werden."

Derek setzte erneut ein strahlendes Lächeln auf und Angie wollte ihm zu gerne folgen, schaffte es jedoch nicht.

„Komm." Derek half ihr auf den Holzhaufen und durch das Fenster hindurch. Immerhin gab es kaum noch Glassplitter in dem Fensterrahmen, die ihnen gefährlich werden konnten.

Ihre Schuhe hinterließen dumpfe Geräusche auf dem steinernen Boden, auf dem sich auch hereingewehte Nadeln und Staub tummelten.

„Siehst du, der erste Teil ist schon geschafft", sagte Derek und ergriff erneut ihre Hand, während er mit der anderen eine Taschenlampe aus seiner Jacke hervorzog.

„Jetzt wird es erst richtig interessant. Komm mit." Er führte Angie durch den kleinen Eingangsbereich, hinter dem sich eine hohe Decke mit einer erstaunlich massiven Holztreppe befand. Die Treppe schlängelte sich an der Wand entlang und beschrieb dabei eine Kurve ins Obergeschoss.

„Wow", entfuhr es Angie. Einen solch großen Flur hatte sie zuvor nur wenige Male in Privathäusern gesehen. Er war eindeutig ein Symbol von Macht und Geld. Von beidem musste der Eigentümer mehr als genug besessen haben.

„Sicher weißt du, dass dieses Haus auch als Horror-haus Unterwalds bezeichnet wird."

„Jeder in Unterwald weiß das", antwortete Angie und folgte mit ihrem Blick dem Lichtstrahl der Taschen-lampe. Die beigen Wände waren leer. Keine Gemälde oder Bilder. Wahrscheinlich waren alle vor langer Zeit abgehängt worden.

Derek drehte sich ein Stück zu ihr. „Weißt du auch, warum?"

Angie schnalzte mit der Zunge. „Klär mich auf." Sie versuchte dabei so taff wie möglich zu klingen, obwohl sie nicht recht wusste, ob sie hören wollte, was Derek zu sagen hatte. „Lass mich raten, es wurde von einem Ty-pen namens Menlow erbaut."

Derek lachte auf, was im Schein der Taschenlampe ein wenig gruselig aussah. „Ganz recht. Edward Menlow, ein wohlhabender Engländer in den Dreißigern, kaufte dieses Grundstück nach dem ersten Weltkrieg."

„Ein Engländer?"

Derek nickte nachdrücklich. „Ganz recht. Ja, ich weiß, ziemlich sonderbar, wenn man bedenkt, dass er vermut-lich im Krieg gegen die Deutschen gekämpft hat oder zumindest daran beteiligt war. Aber aus Unterwald oder der Umgebung wollte niemand diesen Boden nutzen. Im Gegenteil, die Einheimischen machten einen großen Bo-gen um diesen Ort, wenn es ging."

„Das tun manche heute noch", flüsterte Angie ein we-nig abwesend.

„Das hängt mit damals zusammen. Mit dem Mittelal-ter. Zu der Zeit wurden hier Hexenverbrennungen durch-geführt."

Angie schauderte bei dem Gedanken an all das Leid, was unter diesem Haus begraben war. Wie viele Tränen, wie viele Tropfen Blut waren auf dieser Erde gelandet, wie viele Schreie waren in ihr versiegt?

„Ich weiß, ich habe davon gehört." In Unterwald gehörte das zur Allgemeinbildung.

„Komm, lass uns mal nach oben gehen."

Derek führte Angie zu der Treppe. Unter ihnen beschwerten sich die seit ewiger Zeit nicht mehr genutzten Stufen mit knarzenden Geräuschen.

„Beim größten Hexenprozess sollen insgesamt über fünfzig Menschen hingerichtet worden sein. Das Feuer habe man selbst in Dörfern gesehen, die kilometerweit weg waren, und es soll ganze drei Tage und drei Nächte lang gebrannt haben."

„Kein Wunder also, dass dieses Grundstück keiner kaufen wollte." Angie schaute lächelnd zu Derek auf. Er lächelte zurück.

„Japp, kein Wunder. Menlow hatte deshalb leichtes Spiel und bekam das Grundstück zu einem Spottpreis. Nicht, dass er auf diesen hätte achten müssen. Es hieß, er sei schon vor seiner Zeit in Unterwald vermögend gewesen. Woher er den Schotter hatte? Keine Ahnung, darüber streitet man bis heute. Die einen vermuten, er habe sein Startkapital geerbt, die anderen behaupten, er sei ein echter Spezialist in Sachen Waffenbau gewesen."

Derek leuchtete auf die Treppe vor ihnen. „Noch eine Stufe." Er deutete auf die letzte Treppenstufe. Dann standen sie in dem Obergeschoss, von dem aus sich in beide Richtungen mit Teppichen ausgelegte Flure erstreckten. Hier oben war es noch dunkler als im Eingangsbereich, weshalb Angie nach Dereks Unterarm griff. Sie spürte, wie er unter der Jacke seine Muskeln kurz anspannte.

„Waffenbau?"

„Ganz recht. Mit Beginn des Hausbaus investierte er sein Wissen und Vermögen in einige Waffenfabriken in Suhl. Dort hatten sich weltweit bekannte Hersteller angesiedelt. So zum Beispiel auch J. P. Sauer & Sohn. Menlow war ein Spezialist in Sachen Jagdwaffen und bald heißbegehrt bei allen Waffenproduzenten der Stadt. Er verdiente mit seinem ausgeprägten Sinn für tödliche Gegenstände ein kleines Vermögen. Dass er damit auch seine zukünftigen Feinde, die Nazis, unterstützen würde, hatte er zu der Zeit noch nicht auf dem Schirm. Niemand ahnte nach dem ersten Weltkrieg, dass es einen weiteren geben würde."

Wieder einmal wurde Angie bewusst, wie froh sie sein konnten, in einer Zeit und in einem Teil der Welt zu leben, in denen das Wort Krieg seit gut siebzig Jahren ein Fremdwort war.

„Wohin wollen wir?" Derek deutete nach beiden Seiten.

„Mir egal, ich folge dir."

Sie nahmen den Gang rechts von ihnen und schritten ihn langsam entlang.

„Menlows Haus wurde erst nach gut vier Jahren fertiggestellt. Er hatte Arbeiter aus ganz Deutschland engagieren müssen, weil die Einheimischen sich geweigert hatten, auf der Baustelle zu ackern. Glücklicherweise wurde es genau zu dem Zeitpunkt fertig, an dem Menlow auf der Höhe seines Erfolgs war. 1926 investierte er die Hälfte seines Geldes in weitere erfolgreiche Geschäftszweige in Suhl, wie Porzellanherstellung oder Fahrzeugbau, und seine Investition zahlte sich aus. So gut, dass er einen Teil an die Gemeinde Unterwald ausschüttete, womit Straßen und andere Baumaßnahmen vorgenommen wurden."

„Und dadurch wurde er von ihnen akzeptiert. Obwohl er ein Engländer, ein Feind gewesen ist", schlussfolgerte Angie.

„Das war aber noch nicht alles. Edward Menlow hatte nie eine Familie gründen können. Er war stets ein richtiger Lebemann gewesen und lud mit Fertigstellung seines Haues jedes Wochenende die gesamte Dorfgemeinde in sein Heim ein, um eine riesige Party zu feiern. Mit teurem Champagner, Kaviar, allem drum und dran."

„Geld spielte keine Rolle."

„Heute und auch damals nicht. Wer genug davon hat, kann damit um sich schmeißen, und genau das hat Menlow getan. Er hat einen Prunkbau errichtet und gefeiert bis zum Abwinken. Ich will dir etwas zeigen."

Selten hatte sie jemanden so ausführlich über dieses Haus reden hören und allmählich begann sich Angie zu fragen, woher er das alles wusste.

Derek stieß eine Tür auf. Staub wirbelte hoch und kurz musste Angie husten.

„Sorry, hier war vor uns anscheinend lange keiner mehr."

Das wusste Angie und dennoch rechnete sie jeden Moment damit, dass hinter der offenen Tür eine Gestalt hervorsprang. Alte, verlassene Häuser waren nicht nur antik. Sie waren zudem verdammt gruselig. Auch ohne eine solche Vorgeschichte wie die des Menlowhauses.

Derek leuchtete in das Zimmer hinein. Keine Gestalt zu sehen. Angie atmete erleichtert aus.

Da waren nur ein rustikaler Holzschrank, dessen Tür herausgebrochen zur Seite hing, und ein Himmelbett ohne Matratze. Wahrscheinlich hatte es sich nicht gelohnt, diese Möbel aus dem Haus zu entfernen.

„Von diesen Schlafzimmern soll es siebzehn Stück gegeben haben. Dazu neun Bäder, zwei Küchen und einen riesigen Saal im Erdgeschoss. Mal ganz abgesehen von dem Garten hinter dem Haus."

„Hast du etwa die Dorfchronik nach der Geschichte dieses Hauses durchstöbert, oder wusstest du das alles?", fragte Angie scherzhaft.

„Tja, in Unterwald muss man nur die richtigen Leute fragen, dann erfährt man alles, was man wissen will", antwortete er mit einem verschwörerischen Unterton.

„Ein riesiges Anwesen - für jemanden, der sein Leben lang alleine war", stellte Angie fest und kam damit zum eigentlichen Thema zurück. Sie fand die Vorstellung von einem Mann, der sich alles an materiellen Dingen leisten konnte und dennoch keine Familie hatte, ziemlich traurig.

„Nun, er wird schon ab und zu weiblichen Besuch empfangen haben." Derek grinste und wackelte übertrieben mit seinen Augenbrauen.

Angie knuffte ihn in den Oberarm und musste ebenfalls lächeln. „Du bist blöd." Mit einem Mal fühlte sie sich nicht mehr ganz so unbehaglich.

„Seine Partys jedenfalls waren berüchtigt und sie sprachen sich weit über die Grenzen des Thüringer Waldes hinaus herum. Aber irgendwann endete sein Höhenflug. An einem nur allzu bekannten schicksalhaften Tag. Der schwarze Donnerstag am 24. Oktober 1929 läutete die Weltwirtschaftskrise und damit einhergehend auch Menlows finanziellen Untergang ein. Er verlor praktisch vom einen auf den anderen Tag sein ganzes Vermögen. Sein Geld, seine Autos, sein Haus und damit auch seine einzige beständige Verbindung zur sozialen Gesellschaft. Menlow wusste, ohne seine Partys, ohne seine

Großzügigkeit, wäre er ein Niemand. Einer von vielen in den kommenden Jahren."

„Er war verzweifelt."

„Mehr als das", erklärte Derek und zog die Zimmertür hinter sich zu. „Anders kann man sich sonst wirklich nicht erklären, was am 31. Oktober 1929 in Unterwald geschehen ist."

Das berüchtigte Halloween von 1929. Jeder im Umkreis von zwanzig Kilometern hatte schon einmal davon gehört.

„An diesem Abend veranstaltete Edward Menlow seine letzte große Party. Auch einige Unterwaldler waren gekommen. Die meisten Gäste stammten jedoch von außerhalb. Sie alle waren mehr oder weniger von dem Börsencrash betroffen und Menlows Feier war eine willkommene Möglichkeit, sich in eine perfekte Scheinwelt zu stürzen, in der es keine Existenzängste gab. Es kamen so viele Leute wie nie zuvor."

Angie musste schlucken, bei dem Gedanken daran, wie die Geschichte weitergehen würde.

„Um Punkt zwölf Uhr wurde die prächtige Torte angeschnitten. Bestehend aus mehreren Schichten und einer Hülle aus Zuckerguss. Kurz darauf begannen die ersten Gäste zu würgen und rannten auf die Toiletten. Andere spuckten Blut auf den teuren Parkettboden und brachen krampfend zusammen."

Derek wuschelte durch seine Haare und umgriff Angies Hand ein wenig fester.

„Die Torte war bis oben hin mit Rattengift und kleinen Glassplittern vollgestopft. Schnell merkten die Gäste, dass etwas nicht stimmte, und versuchten daraufhin das Haus zu verlassen, doch keine Chance. Menlow hatte seine Diener angewiesen, keinen einzigen entkommen zu lassen. Bezahlt hatte er sie mit seinem letzten Bündel Bargeld, mit Hilfe dessen sie ohne weiteres nach dieser schrecklichen Nacht untertauchen konnten. Die Bediensteten erschossen die Flüchtigen oder schnitten ihnen die Kehlen durch. Niemand entkam diesem Blutbad. Es heißt, zum Ende dieses Gemetzels hin sei Menlow durch den großen Saal gegangen, umringt von Dutzenden Leichen und sterbenden Frauen in ihren luxuriösen Ballkleidern, und habe geweint. Freudentränen. Menlow hat knapp hundertachtzig Menschen mit in den Tod genommen, nur um nicht einsam sterben zu müssen. Seine Leiche fand man unter dem gigantischen Lüster inmitten des Raumes. Er hatte sich mit einer Schrottflinte den Kopf weggeschossen."

Angie brauchte einen Moment, bevor sie weitergehen konnte. Eine derartige Erzählung verdaute sie nicht einfach nebenbei. Sie nahm sich einen tiefen Atemzug lang Zeit, um das Gehörte zu verarbeiten, so wie sie es schon oft getan hatte.

„Was für ein Abgang", murmelte sie schließlich.

„Er ist einfach vollkommen durchgedreht. Etwas Ähnliches hat es seitdem nie wieder gegeben. Zumindest nicht, dass ich wüsste."

„Kann ich mir vorstellen." Ihre Stimme war beinahe nur noch ein Flüstern. Auf einen Schlag wollte Angie nicht mehr hier sein. Dieses Haus wurde ihr mit jedem Augenblick unheimlicher. Sicher kannte sie die Geschichte Edward Menlows bereits, aber sie an diesem Ort zu hören, trieb den Gruselfaktor in ungeahnte Höhen.

„Hey, Angie, wollen wir über etwas anderes reden?" Derek klang ehrlich besorgt, doch Angie winkte ab.

„Nein, nein. Erzähl ruhig weiter."

„Sicher?"

„Japp." Was tat man nicht alles, um nicht als Feigling abgestempelt zu werden?

„Komm, wir gehen erst mal ein Stück weiter."

Angie begleitete Derek zu einer weiteren Treppe in der Mitte des Ganges. Sie war wesentlich schmaler und schmutziger als die im Eingangsbereich, sodass sie nur hintereinander laufen konnten.

„Nach der Sache mit Menlow stand das Haus einige Jahre leer. Es hatte einfach niemand Kohle für ein Anwesen dieser Größe. Erst als die Nazis aufmarschierten, bekam das Haus einen neuen Eigentümer. Henry Horbrecht, ein hochrangiger SS-General im KZ Buchenwald, kaufte das Anwesen 1942. Er hatte ganz sicher von der Vergangenheit dieses Gebäudes gehört, aber es schien ihn schlichtweg nicht zu interessieren. Kein Wunder, bei dem, was er in Buchenwald den Gefangenen angetan hat, war er ganz sicher abgehärtet."

„Horbrecht, der Name sagt mir etwas", nuschelte Angie hinter ihm.

„Er war auch als Monster Buchenwalds bekannt. Er verhörte seine Opfer mit bestialischer Grausamkeit. Ließ ihnen dabei Gliedmaßen abtrennen oder sie mit Säure übergießen. Im Laufe der Naziherrschaft machten sich auch einige Unterwaldler bei den Hakenkreuzträgern unbeliebt. Auch hier gab es ein paar Juden, Sozis oder einfach nur Nazihasser. Horbrecht sandte Spitzel aus und fand nach und nach jeden einzelnen Feind des Regimes. Ganze Familien wurden gefangengenommen, Ehepaare auseinandergerissen, Kinder zu Waisen gemacht. Alle wurden nach Buchenwald bei Weimar gebracht. Nur wenige überlebten das Kriegsende. Die meisten starben unter Horbrechts Terrorherrschaft."

„Das ist schrecklich. Wirklich schrecklich."

Um nicht zu sagen: der pure Horror, dachte sie und zwang sich zu gleichmäßigen Atemzügen.

Derek blieb vor einer verschlossenen Holztür stehen und drehte sich zu Angie um. Das Licht der Taschenlampe blendete sie kurz.

„Das war es. Aber die Unterwaldler waren schon immer ein zähes, stures Volk und eines Abends geschah etwas, was in die Geschichtsbücher Thüringens einging. Es war der 13. November 1943. Horbrecht hatte am Tage zuvor wieder zwölf Einwohner gefangennehmen lassen und nach Buchenwald gekarrt. Darunter auch der ortsansässige Pfarrer. Mit ihm schien auch das letzte Fünkchen Güte gegangen zu sein.

Die Unterwaldler bewaffneten sich mit allem, was sie noch hatten. Mit Pistolen, Messern, Heugabeln. Als der Mond am Höchsten stand und das Licht im Menlowhaus erloschen war, überfielen sie das Anwesen. Manche starben noch hinter dem Zaun, erschossen von Horbrechts Wachen. Aber letztendlich gelang es ihnen trotzdem, das Haus zu stürmen und Horbrecht und seine Wachen zu überwältigen."

„Was ist dann passiert?", fragte Angie mechanisch.

„Keine Ahnung." Derek zuckte mit den Schultern. „Seine Leiche und die seiner Männer wurden nie gefunden. Es gibt auch so gut wie niemanden in Unterwald, der über dieses Kapitel redet. Wenn man die Zeitzeugen auf diese Nacht anspricht, sinken sie meistens in ihren Rollstuhl zurück und bitten einen höflich, aber bestimmt, zu gehen. Die Nazis konnten den Unterwaldlern jedenfalls nichts nachweisen und so wurde nie Anklage gegen sie erhoben."

Sie hatte schon oft gehört, dass die älteren Leute hier über manche Ereignisse nicht gerne sprachen und sie in dieser Hinsicht ziemlich stur sein konnten, sodass man nicht das Geringste aus ihnen herausbekam.

Derek drehte an dem Türknauf vor ihm. Erst öffnete sich bloß ein Spalt, nach nochmaligem Dagegendrücken dann die ganze Tür.

„Glück geha…", begann Angie und verstummte augenblicklich.

Sie fand sich in einem wirklich kleinen Raum wieder, der trotz fehlender Möbel ziemlich gemütlich wirkte. Bis auf die Tür eines vermutlich eingebauten Wandschrankes war das Zimmer vollkommen leer.

„Das ist eines der beiden Turmzimmer. Cool, oder?"

Angie sah Dereks Gesicht nicht, da er mit der Taschenlampe in eine andere Richtung leuchtete, aber sie hörte das Lächeln in seiner Stimme deutlich.

„Ja, ziemlich." Das fand sie tatsächlich.

Sie trat an eines der beiden Fenster, direkt neben Derek, und schaute mit ihm hinaus auf den Vorhof des Anwesens. In der Ferne erkannte sie die Lichter von Unterwalds Straßenlaternen.

Derek drehte sich um und stützte sich auf der Fensterbank ab.

„Jedenfalls, um die Story zu beenden, hat nach Horbrecht das Haus kein Mensch mehr wirklich lange besessen. Nach Kriegsende hatten sich die Sowjets einige Monate einquartiert, jedoch baten sie wärmstens um Versetzung in eine andere Unterkunft."

„Weshalb?", fragte Angie nach, ohne ihren Blick von der atemberaubend schönen nächtlichen Umgebung zu nehmen.

„Sie gaben an, dass es hier spuken solle. Sie berichteten von merkwürdigen Geräuschen, Gegenständen, die sich einfach bewegten, solches Zeug halt." Derek machte eine wegwerfende Handbewegung. „Bis heute hatte das Haus vielleicht ein Dutzend weitere Besitzer oder Interessenten, die es meistens nach sehr kurzer Zeit wieder veräußerten. Seit 2003 steht es vollkommen leer."

Angie warf Derek einen schelmischen Blick zu. „Tja, vielleicht ist ja was dran an dem Spuk." Dabei stellten sich ihre Nackenhaare auf und sie fröstelte auf dieselbe Art, wie sie es bereits vor dem Haus auf der Straße getan hatte.

„Und wenn schon." Derek beugte sich zu ihr herüber. „Ich pass doch auf dich auf."

Angie lächelte leicht. „Keine besonders hübsche Geschichte für ein Date."

„Findest du?" Derek trat vor sie und legte seine Hände sanft an ihre Hüfte. „Ich finde sie ziemlich gut und vor allem spannend. Das können nicht viele Dinge von Unterwald behaupten."

Angie lachte auf und vergaß bei seiner Berührung mehr und mehr den Ort mit seinen zahlreichen gruseligen Geschichten, an dem sie sich befand. „Nein, können sie nicht. Das stimmt."

Für einen Moment herrschte Stille zwischen den beiden und es begann heftig zu knistern. Angie hätte glatt behauptet, die Luft um sie herum hätte sich elektrisch aufgeladen.

„Ich mag dich wirklich sehr, Angie."

„Ich dich auch, Derek", erwiderte sie und kam sich sofort albern vor. Derek jedoch wirkte kein bisschen belustigt. In seinen Augen stand ein freundlicher Ausdruck, vermischt mit etwas Dunklerem, was sie nicht zuordnen konnte. Erst als er seinen Kopf zu ihr runterbeugte, wurde ihr klar, was es war. Verlangen.

Sein Mund berührte zärtlich ihre Lippen. Es war nur ein Hauch und dennoch bekam Angie eine angenehme Gänsehaut. Ein wenig unsicher streckte sie ihre Hände nach seiner Brust aus, um nach Halt zu suchen. Derek deutete diese Geste als Aufforderung und berührte ihre Lippen ein weiteres Mal. Dieses Mal länger und … intensiver. Ein richtiger Kuss.

„Ist das schön?", fragte Derek leise.

„Ja", antwortete Angie und konnte gar nicht richtig glauben, was gerade geschah.

Sie knutschte ernsthaft mit einem Jungen! Zum ersten Mal in ihrem Leben und es fühlte sich so verdammt gut an. Besser, als sie erwartet hatte. Viel besser.

„Mehr?"

Angie biss sich auf die Lippe und nickte lächelnd.

Derek packte sie an der Hüfte und ehe sie sich versah, saß sie auf dem Fensterbrett. Unter ihr der Garten des Menlowhauses.

Derek musste ihr Zögern bemerkt haben, denn er hielt kurz inne. „Zu viel?"

„Nein, alles in Ordnung", sagte Angie und mit jedem gesprochenen Wort war es das tatsächlich. Weil dies mit ihm passierte. Mit Derek. Und sie ihm vertraute.

Jetzt war es Angie, die sich vorbeugte und seinen Kopf zu sich runterzog. Wieder küssten sie sich und sie öffnete bereitwillig ihre Lippen, um es zu vertiefen. Um es noch mehr zu genießen und voll auszukosten.

Sie vergaß das Menlowhaus, verdrängte die grausigen Geschehnisse, die dieses Gebäude geprägt hatten. Für sie gab es nur das Hier und Jetzt. Und das Hier und Jetzt küsste einfach so gut.

Derek löste sich von ihrem Mund und knabberte an ihrer Wange zu ihrer Ohrmuschel entlang. Angie schloss die Augen und ihr entfuhr ein winziger Seufzer. Erschrocken über ihre eigene ungewohnte körperliche Reaktion blinzelte sie einige Male und entdeckte etwas, was sie augenblicklich zu Stein erstarren ließ.

In dem Wandschrank ihr gegenüber leuchtete ein winziges Licht auf. Verwirrt und geschockt zugleich starrte sie es an. Dereks Küsse fühlten sich nur noch wie eisige Flocken auf ihrer Haut an.

„Derek."

„Mhm." Es war kein richtiger Laut, den er von sich gab.

„Was ist das?"

Erst jetzt unterbrach er seine Berührung und richtete sich vor ihr auf.

„In dem Schrank, da." Sie zeigte mit einem Finger auf die horizontalen Ritzen zwischen den Brettern. „Das Licht", setzte sie nach.

Was zum Teufel ...

„Ich weiß nicht, was du meinst", sagte Derek und wandte sich wieder ihrem Hals zu.

„Doch, schau mal. Das Licht!"

Angie stieß ihn weniger sanft von sich, als sie beabsichtigt hatte, und sprang auf den Boden. Sie überlegte, ob es wirklich eine gute Idee war, sich in dem Horrorhaus Unterwalds auf irgendein seltsames Licht in einem Schrank zuzubewegen. Aber etwas sagte ihr, dass dahinter wohl kaum ein Gespenst auf sie wartete. Ihre Neugier war in diesem Moment stärker als die Furcht.

Mit energischen Schritten trat sie zu dem Wandschrank und riss die Tür auf. Zum Vorschein kam nicht etwa der kopflose Edward Menlow oder die Leiche Henry Horbrechts, sondern etwas viel Schlimmeres. Die Gesichter zweier gewissenloser Arschlöcher. Es waren Ben und Stanley, Dereks Freunde.

Die Verwirrung musste ihr ins Gesicht geschrieben stehen. „Was …?", stammelte Angie und die Jungen prusteten augenblicklich los.

„Scheiße, Mann, Derek. Fast hättest du sie flachgelegt", jaulte Stanley.

„Ja, und wir hätten alles auf Band gehabt", stimmte Ben mit ein und deutete auf das Handy in seiner Hand.

Angies Knie begannen zu zittern und ihre Wangen fühlten sich unglaublich heiß an. Passierte das wirklich?

Es kam ihr vor, als würde ihr der Boden unter den Füßen weggezogen werden. Nur am Rande bemerkte sie, dass zumindest Bens platinblonde Freundin nicht auch noch hier war.

„Derek." Ihre Stimme war atemlos, als sie sich zu ihm umdrehte. Er lachte ebenfalls und wischte sich dabei über die Stirn.

Angie verstand zuerst nicht, warum er lachte. Vor wenigen Sekunden hatte er sie doch noch so leidenschaftlich geküsst und jetzt …

… lachte er mit seinen Freunden über sie. Wie … wie konnte er nur? Nie im Leben hätte sie ihm Derartiges zugetraut.

Tränen stiegen in ihre Augen und wollten ihr über die Wangen laufen, doch das ließ sie nicht zu. Stattdessen griff sie nach Bens Handy und warf es gegen die Holzwand. Es schlug mit der Kante auf und mit einem lauten Knall zerbrach es in lauter Einzelteile.

„Hey, bist du verrückt?", beschwerte sich Ben lautstark und eilte zu seinem kaputten Smartphone. Angie ignorierte ihn. Stattdessen ging sie auf Derek zu.

„Wie konntest du nur, du Schwein! Wie konntest du mir das antun!"

Derek hob entwaffnend seine Hände. „Sorry, es lief eine Wette auf dich und der Einsatz war so verdammt hoch, dass ich nicht …"

Weiter kam er nicht. Angie scheuerte ihm eine.

„Alter, spinnst du?"

Sie holte erneut aus, weil sie fand, dass eine Ohrfeige für dieses verräterische Arschloch, mit dem sie ihren allerersten Kuss geteilt hatte, nicht reichte, als ein markerschütternder Schrei durch das Treppenhaus zu ihnen heraufhallte.

Abrupt hielt sie mitten in der Bewegung inne.

„Ach du Scheiße, was war das denn?" Stanley fuchtelte erschrocken mit seiner eigenen Taschenlampe umher.

„Das ist nur der Wind, du Blödmann", kam es von Ben, der viel zu sehr mit den Einzelteilen seines Handys beschäftigt war, um sich um seine Umgebung zu kümmern.

„Deshalb bewegt sich draußen auch der Nebel keinen Millimeter", entgegnete Stanley und zeigte aus dem Fenster hinaus zu dem Bodennebel, der zwischen den Bäumen ruhte.

„Jetzt kommt mal runter. Das hier ist nur ein scheiß altes Haus." Derek fuhr erneut durch seine Haare.

„Ist es nicht." Angies Stimme klang dünn, aber nicht traurig. Sie fixierte Derek mit ihrem Blick. „Das hast du selbst gesagt." Für sie selbst klang der Schrei ziemlich echt und zudem weiblich, was ihre Angst umso größer werden ließ.

„Ach komm schon, das sind alles nur Gruselgeschichten." Wie auf Knopfdruck ertönte ein weiteres Geräusch, welches keiner der Jugendlichen auch nur ansatzweise zu deuten vermochte. Es war eine Mischung aus Raunen und Ächzen und auf keinen Fall menschlich. Es erinnerte Angie an etwas, was gerade aus einem langen und tiefen Schlaf erwachte.

Dieses Mal leugneten die Jungs nicht seine Echtheit.

Dieses Mal schauten sie einander mit weit aufgerissenen Augen an und stürmten aus dem Turmzimmer.

8. Kapitel

Die Gauner

„Verdammt, Peter, du Idiot. Stopf ihr gefälligst das Maul!" Andys Stimme polterte durch die Tür und augenblicklich verebbte Andrea Schwarz' Schrei. Vermutlich hielt Peter ihr mit seiner behandschuhten Hand den Mund zu. Wie auch immer, es war Andy scheiß egal, wie er sie zum Schweigen brachte. Er glaubte zwar nicht, dass in diesem Haus ungebetene Gäste herumlungerten, aber man konnte nie sicher sein.

„Dafür werde ich dir einen Arm aus der Schulter reißen." Andy musste sich nichts vormachen, er hatte zumindest damit gerechnet, dass Drake Schwarz endlich irgendeine gefühlsmäßige Regung zeigen würde. Darunter verstand er nicht die hohlen Drohungen, sondern das wirklich verzweifelte Betteln um sein Leben oder das seiner Frau. Andererseits war er nicht überrascht von dem frostigen, schneidenden Tonfall seiner Stimme. Wahrscheinlich hatte es dieser Trottel immer noch nicht kapiert. Andy und Peter saßen am längeren Hebel. Eine Tatsache, die Drake Schwarz noch immer zu verdrängen schien und die ihn immer rasender machte.

„Ja klar", spottete Andy, ohne Drake zu beachten.

Stattdessen wandte er sich wieder der Tür zu. „Welcher Finger war das?"

„Der Kleine an der rechten Hand", kam gedämpft als Antwort zurück.

Auf Andys Gesicht breitete sich ein böses Grinsen aus.

„Also ist jetzt der Ringfinger dran, an dem auch ein Ring steckt, nicht wahr? Schließlich seid ihr verheiratet. Glücklich, nehme ich an."

Andy fasste sich mit gespielter Besorgnis ans Kinn. „Obwohl, so wie du deine Frau leiden lässt, scheint sie dir nicht sehr viel zu bedeuten. Vielleicht sollte ich mich nach unserem kleinen Treffen noch ein bisschen mit ihr vergnügen, da es dir nichts ausmacht."

Er war nicht unbedingt der Typ, der auf Vergewaltigungen stand. Aber aus irgendeinem Grund erschien ihm die Vorstellung, sich diese brünette Pussy mal gehörig vorzunehmen, nicht im Geringsten abwegig. Eher wie eine logische Schlussfolgerung, nach all dieser Demütigung von diesem sturen, arroganten Holzschnösel.

Der mehr oder weniger erwartete Protest Drakes blieb aus. Seine einzige merkliche Regung war das leichte Senken seines Gesichts. Seine Augen funkelten ein wenig heller und intensiver und begannen Andy regelrecht zu fixieren.

Um nicht länger diese groteske Körperhaltung mitansehen zu müssen, veränderte Andy seine Position an der Tür.

„Sie trägt doch ganz sicher einen Ring, oder, Drake?", griff er das vorherige Thema auf. „Was soll's, normalerweise halten wir uns mit solchen Kleinigkeiten nicht auf. Aber dir verspreche ich, dass wir in eurem Fall eine Ausnahme machen werden und eure Eheringe einkassieren, wenn wir mit dem anderen Scheiß durch sind."

„Wenn ihr uns sofort freilasst, besteht noch die winzige Chance, dass ich deinen anderen Arm verschone."

„Apropos anderer Scheiß, wir waren beim Safe stehen geblieben." Andy ignorierte Drakes Einwurf vollkommen und fuhr unbeirrt fort. „Was hältst du davon, wenn du mir jetzt etwas darüber erzähl…"

Weiter kam er nicht. Andys Worte wurden von dem Grollen verschlungen, das das Haus wie eine Welle traf und durchspülte. Einen solchen Laut hatten die beiden Räuber nie zuvor gehört. Er hatte etwas Beängstigendes und zugleich Überwältigendes an sich.

Und irgendetwas Dunkles, schoss es Andy durch den Kopf.

„Scheiße, Andy, hast du das auch gehört?"

„Ganz ruhig, Peter. Das war nichts", sagte er automatisch, weil es immer seine Aufgabe gewesen war, seinen Partner zu beruhigen. In diesem Fall war jedoch auch er nicht ganz sicher, ob das wirklich *nichts* gewesen war. Es hatte nicht wie *nichts* geklungen. „Ganz sicher nur der Wind", fügte er hinzu.

„Verfluchter Mist, lasst uns doch einfach gehen", brüllte Andrea von der anderen Seite mit verzweifelter Stimme. „Drake, bitte!"

Die Klagelaute der Frau brachten Andy zurück zum eigentlichen Thema. „Da hörst du's."

Er deutete mit dem Daumen hinter sich an die Holztür. „Deine Frau hat die Schnauze voll. Willst du sie wirklich weiter leiden lassen, nur weil du zu stolz bist, ein paar Informationen rauszurücken?"

Drake brach in schallendes Gelächter aus. Verwirrt blickte Andy zu seinem Opfer. Das konnte nicht wahr sein! Aber ehe er erneut Gelegenheit bekam, ihm eine zu scheuern, wurde er von Drakes Schwarz nunmehr unheimlichem, haifischähnlichen Grinsen aufgehalten.

„Keine Sorge, Andy. Sie wird nicht weiter leiden. Das verspreche ich dir."

In diesem Moment fiel ein silbriger Lichtfetzen durch das schmale Kellerfenster in der Mitte des Raumes und traf Drakes muskulöse Brust. Andy konnte zuerst nicht nachvollziehen, woher diese grelle Lichtfarbe stammte, dann jedoch erahnte er dessen Herkunft und ein Blick durch das Fenster bestätigte seine Vermutung.

Hinter dichtem Gestrüpp erkannte er den Mond, der sich mit langsamer Schwerfälligkeit hinter dem Wald erhoben hatte und jetzt über die Kronen der Fichten schob. Es war das Bild eines kugelrunden Ungetüms, dass sich stets bei Nacht entfaltete.

Drake Schwarz begann erneut lauthals zu lachen. Ein Laut, der immer schriller, immer verzerrter wurde.

Mit bestürzter Miene betrachtete Andy den Mann auf dem Stuhl vor sich, der sich veränderte. Sein ohnehin kräftiger Körper breitete sich aus, seine Gliedmaßen streckten sich und gaben dabei Geräusche wie aus einem Horrorfilm von sich. Selbst die Form seines Kopfes blieb nicht beim Alten. Die Muskeln in Drakes Gesicht arbeiteten unter der Haut und die Knochen wurden an vollkommen neuen Stellen platziert, die ihn animalischer wirken ließen.

Andy konnte nichts weiter tun, als zuzusehen, so verrückt es auch klang. Es war wie kurz vor einem Verkehrsunfall.

Die Nähte von Drakes Pullover rissen auf. Andy blinzelte zweimal perplex, löste sich allmählich aus der Schockstarre und wurde von nackter Angst gepackt. Er umklammerte seine Pistole und wollte sie gerade auf Drakes Kopfhöhe heben, als eine prankenähnliche Hand den Lauf erfasste und sie ihm aus der Hand schlug.

„Was …?", stammelte Andy und schaute zu Drake.

Sein Opfer hatte es tatsächlich geschafft, eine Fessel zu lösen. Wie war das möglich? Aber er wusste, dass diese Frage so überflüssig war wie Salz in einer Eiscréme. Alles schien auf einmal möglich zu sein, denn etwas stimmte nicht. Und zwar gewaltig.

„Ihr hättet uns gehen lassen sollen." Drakes Stimme klang viel tiefer als zuvor und wesentlich weniger menschlich. Die Nähte seiner Hose rissen auf und hinterließen breite, klaffende Löcher, zwischen denen schwarze Haare zum Vorschein kamen.

Nein, keine Haare. Fell, dachte Andy.

„Ihr hättet nie nach Unterwald kommen sollen", fuhr Drake fort. Das Fell breitete sich unterdessen auf seinem gesamten Körper aus.

„Ihr hättet keine Verbrecher werden sollen." Der drohende Unterton in seiner Stimme jagte Andy kleine Eissplitter über den Rücken, die sich schmerzhaft in seine Haut bohrten.

Andys Blick glitt zu der Hand, mit der Drake seine Pistole weggeschlagen hatte und die jetzt seine andere, gefesselte Hand
befreite. Hand war wohl der falsche Ausdruck für das, was Andy sah. Sie glich eher einer Pfote mit fingerähnlichen, verdammt scharfen Krallen.

Drake richtete sich auf.

„Aber das seid ihr geworden und jetzt sind wir hier." Die Kopfform des Mannes veränderte sich endgültig zu etwas, was nicht mehr im Entferntesten mit dem menschlichen Gesicht Drakes zu tun hatte. Sie wurde zu einer wolfsähnlichen Grimasse mit einer langen Schnauze und einem Maul, aus dem scharfe Zähne hervorragten. Das Einzige, das noch erkennen ließ, dass es sich hierbei um Drake Schwarz handelte, war der intensive Türkiston seiner Augen. Diese raubtierartigen Augen, die so gar nichts Natürliches an sich hatten. Andy wusste nun, weshalb sie ihm die ganze Zeit über so merkwürdig vorgekommen waren.

Auch wenn er immer noch nicht glauben konnte, was gerade passiert war. Dass tatsächlich ein wahrgewordenes Monster vor ihm stand und ihn mit seiner grotesken Maske angrinste.

Drake Schwarz, oder vielmehr der Werwolf, der er jetzt war, streckte eine Pranke zur Seite und fuhr mit seinen Krallen über die Oberfläche der Wand.

Es war das kreischende Geräusch dieser Krallen, das ihn letztendlich doch zum Schreien und Drake zum Lachen brachte. Wobei Letzteres eine Mischung aus Heulen und Gurgeln war.

Mit einer kraftvollen Bewegung schlug er den Stuhl beiseite, der krachend auf die andere Wandseite aufprallte, und packte Andys linken Arm. Die Krallen bohrten sich dabei in seine Haut und Andy spürte das Blut unter diesem Griff hindurchsickern. Das war jedoch gar nichts gegen den ziehenden Schmerz, der seinen ganzen Körper erfasste, als der Werwolf mit brachialer Gewalt an seinem Oberarm herumzerrte. Andy fragte sich, weshalb er nicht versucht hatte, zu fliehen. Wieso, verdammt, war er stehen geblieben …

Andys Schrei wurde noch gewaltiger, noch verzweifelter. Genau wie sein Versuch, sich dieses Monster vom Leib zu halten. Er schlug auf dessen Brust ein und trat nach ihm. Alles sinnlose Versuche, sich doch noch selbst zu retten.

Es dauerte keine drei Sekunden, bis der Werwolf Andys Schultergelenk aus seiner Verankerung und mit unvergleichlicher Leichtigkeit den Arm von seinem Körper löste. Andy spürte gerade noch, wie die Haut aufriss, dann wurde ihm heiß und kalt zugleich.

Er schrie erneut auf, als er die Fontäne aus Blut bemerkte, die aus seinem Stumpf schoss. Der Werwolf warf die Gliedmaße achtlos hinter sich. Sie landete mit einem klatschenden Geräusch zwischen Staubansammlungen auf dem Boden.

Unterdessen spürte Andy die Türkante an seinem Rücken. Peter versuchte hinter ihm, sie zu öffnen. Vermutlich um zu sehen, was auf der anderen Seite vor sich ging.

Der Werwolf schubste Andy zurück gegen die Tür und umklammerte seinen anderen Arm.

Wenn ihr uns sofort freilasst, besteht noch die winzige Chance, dass ich deinen anderen Arm verschone, kamen ihm Drakes Worte in den Sinn und augenblicklich wünschte er sich, er hätte dieses verdammte Arschloch gehen lassen.

Dieses Mal musste sich Andy wesentlich schneller von seinem Körperteil verabschieden. Der abgerissene Arm gesellte sich zu dem anderen und Andy ging zu Boden. Innerhalb weniger Sekunden musste er bereits so viel Blut verloren haben, dass er sich nicht mehr auf den Beinen halten konnte und von absoluter Todesangst getroffen wurde. Er sackte zur Seite und schlug hart mit dem Kopf auf.

„Andy! Alter, was ist da los?" Peter stürmte durch die Tür, die jetzt nicht mehr von Andys Körper versperrt wurde. Er rannte direkt in die Arme des Werwolfes. Im letzten Moment bremste er ab.

Sein Blick glitt wild durch den Raum. Erfasste den am Boden liegenden, armlosen Andy, die dunkle Flüssigkeit überall und das Monster, das mit seiner Präsenz den ganzen Raum ausfüllte.

Peter brauchte nicht so lange wie sein Partner, um zu begreifen, was vor sich ging. Er fing gleich an zu schreien.

Ein Ton, der in einen gurgelnden Laut mündete, als der Werwolf mit der Pranke ausholte und seinen Bauch aufschlitzte. Andy erkannte unscharf, wie sich die Fetzen von Peters Jacke bewegten. Eilig presste er die Hände auf seine Magengegend, doch es war zu spät. Die ersten Teile seines Darms quollen bereits hervor.

Mit einem kräftigen Tritt gegen die Brust beförderte Drake Peter in eine Ecke des anderen Raumes und damit aus Andys Sichtfeld.

Mühsam drehte der sterbende Räuber seinen Kopf in die Richtung, in der sein Partner verschwunden war und in die nun auch der Werwolf ging.

Für einen kurzen Moment dachte er, dieses Monster würde auch seine eigene Frau umbringen. Weil er, Drake Schwarz, eben genau das war: ein Monster. Aber dann sah er, wie sich der Werwolf zu seiner gefesselten Frau bückte und einen fast schon demütigen Eindruck machte. Andrea Schwarz schmiegte ihr Gesicht an das des Monsters und flossen ihr sogar ein paar Tränen über die Wange? Andy konnte es nicht genau sagen. Alles vor seinen Augen war verschwommen und seine Gedanken waren ein einziges Durcheinander.

„Schon gut. Ist schon gut", hörte er die Frau flüstern. „Mit mir ist alles in Ordnung. Das ist nichts."

Vor Andys Augen rieselten allmählich schwarze Sterne. Ein Regen, der immer dichter wurde. Vielleicht kam ihm deshalb Peters Stimme umso lauter vor.

„Nein, bitte nicht. Es tut mir leid. Es tut *uns* leid. Wir werden nie wieder …"

Ein knackendes Geräusch und Peter verstummte. Wäre Drake Schwarz noch in der Lage gewesen, seine menschlichen Stimmbänder zu benutzen, hätte er mit Sicherheit zu ihm gesagt: „Du hast recht, ihr werdet niemandem mehr etwas antun. Nie wieder. Ganz sicher."

Von der Seite drängte sich ein übergroßer Schatten in Andys Sichtfeld. Ein Schatten mit Krallen und gebleckten Zähnen. Andy verstand immer noch nicht, wie all das geschehen konnte. Sie hatten doch nur wie so oft ein kinderloses Pärchen ausrauben wollen.

Aber das war kein Problem. Andy musste es auch nicht mehr verstehen.

Das Letzte, was er von dieser Welt zu Gesicht bekam, war der abgetrennte Kopf seines Partners. Der Werwolf hielt ihn noch einen kurzen Moment mit seiner Pranke fest, ehe er auch ihn mit einem kraftvollen Wurf zu Andys Gliedmaßen beförderte.

9. Kapitel
Robbie

Atemlos stürzte Robbie durch die offene Seitentür und fand sich inmitten eines gleißenden Lichtpegels wieder. Die mysteriöse Gestalt war zur Seite getreten, um ihm Platz zu machen, und schloss jetzt hinter dem Jungen die Tür. Robbie bemühte sich, irgendjemanden hinter diesen schemenhaften Umrissen zu erkennen, aber das grelle Licht blendete ihn zu stark. Erst als er eine Hand an seine Stirn hob, um seine Augen zu schützen, entdeckte er, wer ihm da die Tür geöffnet hatte.

Es war ein alter Mann mit einem seltsam zurechtgeschnitzten Krückstock. Er bestand aus mehreren geschwungenen Linien, die sich über die gesamte Oberfläche hinwegzogen, und wirkte damit ziemlich künstlerisch.

Das Gesicht des Mannes war in sich zusammengefallen. Seine Haare waren beinahe weiß und je länger Robbie ihn betrachtete, dachte er bei sich, dass dieser Mann nicht nur einfach alt, sondern wirklich richtig alt sein musste. Die beinahe eisblauen Augen waren jedoch wacher denn je und musterten Robbie mit solch einer Intensität, dass der Junge sich augenblicklich unwohl fühlte. Allmählich begann er seine Entscheidung, diesem Fremden ins Haus gefolgt zu sein, gründlich zu überdenken. Was hatte er sich nur dabei gedacht?

„Ziemlich ungezogene Kinder mit sehr ungezogenen Worten", sagte der Mann plötzlich mit einer Stimme, die so gar nicht zu seinem harten Äußeren passte. Dafür war sie viel zu weich, angenehm und vor allem klang sie vertrauenerweckend.

Robbie senkte die hochgezogenen Schultern und entspannte sich ein wenig. Die Situation wirkte mit einem Mal nicht mehr ganz so verboten.

„Ziemlich", stimmte er nickend zu und auf dem Gesicht des Mannes breitete sich ein freundlicher Ausdruck aus.

„Keine Sorge, durch den Zaun kommen sie nicht durch. Der hat nämlich etwas gegen ungebetene Gäste."

Robbie hatte keine Ahnung, wovon der Mann sprach, aber er traute sich nicht, nachzufragen. Er konnte immer noch nicht einschätzen, bei wem er da gelandet war.

Der Mann hinkte an ihm vorbei und öffnete eine weitere Tür, durch die wesentlich angenehmeres Licht fiel. Robbie registrierte erst jetzt, dass er sich in einer Art Schuppen befand, in dem allerlei Gartenutensilien lagerten. Deshalb also auch dieses schreckliche Neonlicht.

„Hier drin bist du sicher, du brauchst keine Angst zu haben."

Der Mann bedeutete Robbie, ihm durch die Tür in den nächsten Raum zu folgen, doch der Junge rührte sich nicht vom Fleck.

„Ach, natürlich. Wie konnte ich das nur vergessen!"

Der Fremde tippte sich mit den Fingerspitzen an die Stirn, als wäre ihm gerade wieder ein längst vergessener Gedanke eingefallen.

„Warum solltest du keine Angst vor mir haben, du kennst mich ja überhaupt nicht. Wie heißt du, mein Junge?"

„Robbie …“, antwortete Robbie automatisch, weil er so erzogen wurde, dass er auf die Fragen eines Erwachsenen stets eine Antwort gab.

„Nun, Robbie, mein Name ist Albin Schmidt, aber nenn mich bitte einfach Albin. Das hier …“ Er machte eine ausladende Armbewegung. „… ist mein Haus. Du brauchst wirklich keine Angst vor mir zu haben. Es ist bestimmt nicht meine Absicht, dir irgendetwas Böses zu tun.“

Robbie wusste, dass das auch eine Lüge sein konnte. Erwachsene waren gut im Lügen. Sie taten es außerordentlich oft, wie Robbie bereits beobachtet hatte.

Jedoch wirkte der Mann mit seinem ehrlichen Lächeln tatsächlich nicht, als ob er ihm schaden wollte. Wer wusste, ob er es überhaupt konnte. Immerhin schien er sich nur mit seinem Krückstock fortbewegen zu können. Am meisten überzeugte Robbie aber Boomers Reaktion. Der Schäferhund blieb absolut gelassen und hatte sogar mit dem Schwanz gewedelt, als der Mann namens Albin die andere Tür öffnete. Und das, obwohl er Fremde meist erst misstrauisch beschnüffeln musste, ehe er einen Schritt auf sie zuwagte.

„Glaub mir“, bekräftigte Albin seine Worte.

Wie von selbst nickte Robbie zustimmend und stellte fest, dass er das tatsächlich tat. Er glaubte ihm, warum auch nicht?

Das Gesicht des Mannes hellte sich weiter auf. „Prima, willst du mir dann nach nebenan folgen? Dort ist es etwas wärmer.“

In dem Raum war es wirklich ziemlich kühl. Wahrscheinlich wurde er nicht beheizt. Wenn Robbie in diesem Moment noch unsicher war, Boomer war es jedenfalls nicht. Er zog sein Herrchen regelrecht durch die Tür.

„Boomer, benimm dich!", tadelte der Junge den Hund für sein rüdes Verhalten und verstummte augenblicklich, als er den Raum erblickte.

Er schien in einer Art Wohnzimmer und gleichzeitig mitten im Wald außerhalb des Dorfes zu stehen. In einer Ecke befand sich ein steinerner Kamin, um den sich ein Sessel und eine Couch tummelten, über deren Polster das warme Licht der Flammen tanzte. Gegenüber des Kamins stand ein massives Bücherregal. Aus den Lücken zwischen den Büchern quollen Blätterranken hervor, die an einigen Stellen sogar den Dielenboden berührten.

Neben dem Bücherregal spross eine kleine Fichte aus dem Spalt zwischen Boden und Wand. An zwei anderen Stellen wuchsen junge Buchen. Das Licht der dicken runden Kerzen, die überall im Raum verteilt herumstanden, erhellte an einigen Stellen sogar Moos und andere Pflanzen.

Und das alles in einem einzigen Raum, in einem ganz gewöhnlich aussehenden Haus.

Robbie konnte nicht glauben, was er vor sich sah. Er fühlte sich augenblicklich wie in einer Traumwelt, in die er durch Zufall gestolpert war.

„Was ist das hier?" Er hatte die Frage bereits gestellt, ehe er darüber hätte nachdenken können.

„Oh das? Das ist meine Stube. Gefällt sie dir?"

Der Mann nahm auf den Sessel vor dem Kamin Platz und zeigte auf die Couch gegenüber. Seinen Krückstock lehnte er gegen die Kaminwand.

Robbie ließ seinen Blick noch einmal durch den Raum gleiten und nickte schließlich. Zwar gab es keinen

Fernseher oder andere technische Geräte, aber Robbie war ohnehin kein großer Fernsehgucker.

„Ja, ziemlich cool. Ist das … ich meine, ist das alles echt?", fragte er neugierig, während er sich auf die Couch setzte und Boomer sich neben ihn auf den Boden legte. Jetzt war er wieder der bravste Hund der Welt.

Der Mann verzog die Lippen zu einem amüsierten Lächeln und lehnte sich in seinem Sessel zurück. „Was denkst du, Robbie?"

„Ich habe etwas Ähnliches noch nie gesehen", gab er ehrlich zu.

Albin lächelte noch ein wenig breiter. „Das kann ich mir vorstellen." Er faltete seine knöchernen Finger vor seinem Bauch. „Bist du heute Abend etwa ganz allein unterwegs? Ich meine, die da draußen scheinen wohl kaum deine Freunde gewesen zu sein."

Robbie schüttelte lediglich den Kopf.

„Ganz schön gefährlich für einen kleinen Jungen, bei Nacht ohne Begleitung in Unterwald unterwegs zu sein."

„Es wollte keiner meiner Kumpels mitkommen. Die halten nicht viel vom Verkleiden." Der Junge zuckte mit den Schultern. „Und meine Mama musste arbeiten. Eigentlich wollte sie mit mir kommen, aber es ging dann doch nicht." Mit einem bekümmerten Gesichtsausdruck schaute Robbie zu Boden und erinnerte sich, dass seine Mutter bestimmt nicht gewollt hätte, dass er sich einfach so in einem fremden Haus aufhielt. Albins Stimme unterbrach seinen Gedankengang.

„Ich bin mir sicher, das hätte sie liebend gerne getan." Auf seinem Gesicht zeichnete sich Verständnis ab. „Sag mal, was war da draußen los? Die Bengel hörten sich nicht besonders freundlich an."

„Nein." Robbie betrachtete noch immer die Bodendielen.

„Junge, du kannst es mir ruhig sagen. Ich verspreche es auch niemanden weiterzuerzählen."

Aber das war nicht, was Robbie davon abhielt, über die letzten Minuten zu sprechen. Es war ein anderes, unangenehmes Gefühl. Fast als schämte er sich für die Geschehnisse. Als wären sie seine eigene Schuld.

„Nun, wenn du es mir nicht verraten willst, muss ich wohl deinen Hund bestechen, es mir zu sagen."

Albin griff in die Tasche seiner Weste und zog einen langen Kauknochen für Boomer hervor. Robbie konnte sich nicht erklären, weshalb er ausgerechnet Hundeleckerlis mit sich herumschleppte, aber vielleicht hatte er auch einen Hund, der in einem anderen Zimmer lag und tief und fest schlief?

Boomer witterte die Beute sofort und schnappte sich den Knochen, ehe Robbie ihn daran hindern konnte. Zufrieden legte sich der Rüde auf seinen Platz neben der Couch.

Albin betrachtete ihn mit einem zufriedenen Lächeln und auch Robbie kraulte den Hund zwischen seinen Ohren.

Die entspannte und vertrauensvolle Umgebung ließ nun doch die Worte aus dem Jungen herausprudeln.

„Sie wollten mir meine Süßigkeiten wegnehmen. Die, die ich heute Abend an den Haustüren bekommen habe. Aber ich wollte nicht mit ihnen teilen, weil ich sie kaum kenne und sie nicht besonders nett zu anderen Kindern sind. Dann wollten sie mir den gesamten Beutel klauen …" Robbie berichtete von der Auseinandersetzung, dem zerrissenen Henkel und wie er schließlich vor Albins Gartenzaun gelandet war.

Allmählich realisierte der Junge, dass er seine ganzen Süßigkeiten verloren hatte und der Abend damit komplett umsonst gewesen war. Ganz davon abgesehen, dass sie ihm seine Freude und gute Laune versaut hatten. Robbie schlug die Hände vor sein Gesicht.

„Hey, Junge, soll ich dir was sagen? Ich hätte es genauso gemacht wie du. Man muss sich nicht alles gefallen lassen. Schon gar nicht von so halbstarken Kindern, die vermutlich nicht einmal das Klassenziel erreichen werden."

Der alte Mann zwinkerte ihm zu. Robbie sah es durch die Ritze zwischen seinen Fingern und senkte die Hände. Albins Worte brachten zwar seine Süßigkeiten nicht zurück, aber sie machten ihm zumindest Mut, das Richtige getan zu haben. Er fühlte sich sogar ein kleines bisschen stolz.

Robbie bereitete jedoch noch etwas ganz anderes Sorgen.

„Und was, wenn sie jetzt da draußen auf mich warten? Wenn sie mir auflauern, sobald ich nach Hause laufe?"

Albin schenkte dieser Frage merkwürdigerweise keine Beachtung, sondern zeigte stattdessen auf Robbies lilafarbenen Umhang.

„Du hast dich als Zauberer verkleidet, was?", fragte der Mann und seine Augen funkelten noch ein wenig stärker. „Wusstest du, dass es einst auch in Unterwald Zauberer gab?"

„Echt?" Robbies Gedanken an die drei bösen Kinder rückten schlagartig in den Hintergrund.

Albin nickte verschwörerisch.

„So richtige Zauberer?" Robbie hatte bereits von den Sagen und Legenden, die mit diesem Dorf in

Zusammenhang gebracht wurden, gehört. Zauberer oder Hexen wurden darin jedoch nicht erwähnt.

„Ganz recht. Weißt du, die ersten Siedler in Unterwald waren keine gewöhnlichen Menschen. Nein, nein. Es waren Frauen und Männer mit besonderen Fähigkeiten."

„Was für Fähigkeiten?" Robbie beugte sich vor und stützte sein Kinn auf seine Handballen. Auch wenn das weit hergeholt klang, wollte er die Geschichte trotzdem unbedingt hören. Wer wusste schon, ob nicht doch etwas Wahres darin steckte? Robbies Meinung nach war alles möglich, auch in dieser Hinsicht.

„Nun, du musst wissen, sie waren ein sehr naturverbundenes Volk. Sie lebten in Einklang mit dem Wald und den dortigen Tieren. Sie ernährten sich von ihr, kochten aus heimischen Kräutern heilende Suppen und mischten aus der Erde und besonderen Pflanzen wohlbringende Salben. Ihre eigentliche Kraft jedoch zogen sie aus seltenen kleinen Steinen."

„Steine?"

„Steine", nickte Albin. „Sie sahen aus wie Edelsteine. Ihr Wert lag jedoch weit darüber, da diese Kristalle sie zu Zauberern machten. Sie halfen ihnen, gesund zu bleiben, beschützten sie. Manche erreichten ein ziemlich hohes Alter. Aber wie es leider so ist, währt nichts ewig." Der alte Mann blies trübselig die Luft aus. „Hast du schon mal was über das Mittelalter gehört?"

Na klar hatte er das. Wenn auch noch nicht in der Schule, weil sie im Geschichtsunterricht erst bei Ägypten und den Pharaonen waren. Aber daheim hatte er bereits über dieses Zeitalter gelesen. Robbie nickte eifrig.

„Dann weißt du auch, dass damals Wesen, deren bloße Existenz sich der Mensch nicht erklären konnte, nicht besonders willkommen waren. Nun, in Unterwald war es ähnlich. Die Zauberer und Hexen hatten nichts gegen die Menschen, die sich an diesem Ort hier niederlassen wollten. Sie waren eigentlich ein friedfertiges Volk, das nicht darauf aus war, Streit anzufangen. Ganz anders als die Menschen." Albins Stimme nahm einen bitteren Unterton an und mit seiner ernsten Mimik wirkte es fast so, als wäre er damals dabei gewesen, obwohl das natürlich unmöglich war. „Anfangs ließen sie sie noch in Ruhe. Doch je weniger sie verstanden, was die Ureinwohner Unterwalds mit ihren besonderen Steinen, Gebräuen und Salben taten, desto stärker wuchs die Angst vor ihnen. Irgendwann eskalierte die Situation so sehr, dass nicht einmal ihre Zaubersteine ihnen halfen." Albin machte eine kurze Pause. „Hast du schon einmal etwas von den Hexenprozessen gehört, Robbie?"

Vor Robbies innerem Auge tauchte ein grausiges Bild eines Scheiterhaufens auf. Eine Frau mit brennenden Haaren stand darauf. Er nickte lediglich zur Antwort.

„Das Wort Prozess ist dabei wohl überflüssig, denn Prozesse gab es so gut wie nie und wenn doch, stand das Urteil schon vorher fest. In Unterwald entschied man sich damals dafür, in einer Nacht- und Nebelaktion die Hexen und Zauberer aus ihren Hütten zu zerren und an einen Platz außerhalb des Dorfes zu bringen. Du weißt, wo das Menlowhaus steht?"

Wieder ein Nicken. Vollkommen fasziniert lauschte Robbie seinen Worten.

„Dort hatten die Menschen einen riesigen Scheiterhaufen errichtet. Anders als üblich, wollte man die Magier nicht auf dem Marktplatz vor aller Augen hinrichten lassen. Die Menschen glaubten, dass sonst das Böse in Unterwald bleiben würde. Es gab keinen Prozess. Sie haben sie einfach umgebracht."

„Aber warum? Warum haben sie das getan?" In Robbies Augen zeichneten sich Fassungslosigkeit und Unverständnis ab.

„Weil Menschen töten, was sie stört oder was sie nicht verstehen. So war es schon immer und wird es auch immer bleiben."

Stille senkte sich über den Raum.

„Keine besonders altersgerechte Geschichte für einen kleinen Jungen, was?"

„Es ist traurig. Traurig, dass wir immer so gemein zu anderen sein müssen."

Das beste Beispiel dafür waren seine Mitschüler, die seine Süßigkeiten hatten klauen wollen.

„Nun, Geschichte ist dazu da, um aus ihr zu lernen. Vielleicht fangen die Menschen eines Tages doch noch damit an." Aber Albins missmutiger Gesichtsausdruck sagte etwas anderes.

Boomer erhob sich, sprang mit den Vorderpfoten auf Robbies Knie und leckte dem Jungen über das Gesicht, als wollte er die düstere Stimmung vertreiben.

Da fiel Robbie ein, dass er bestimmt schon längst daheim sein sollte. Seine Augen weiteten sich. Die Zeit! Er hatte sie wegen der ganzen Aufregung vollkommen vergessen.

Er schob Boomer sanft von sich und stand auf.

„Oh nein, ich sollte sicher schon seit einer ganzen Weile daheim sein." Er ergriff Boomers Leine.

„Stimmt, wir haben lange genug geplaudert. Aber warte noch kurz, Junge." Albin erhob sich, stützte sich auf seinen Stock und verschwand durch eine Tür in ein Nebenzimmer. Kurz darauf erschien er mit einem merkwürdigen Korb in der Hand.

Dieser sah aus wie eine Kürbislaterne und roch auch wie eine. An seinem oberen Ende war er offen und an den Seiten waren zwei Henkel befestigt.

Albin reichte ihn dem Jungen.

„Hier, nimm schon."

„Was ist das?" Neugierig warf Robbie einen Blick in das Innere der Laterne und konnte nicht glauben, was er da sah.

Kunterbunte Süßigkeiten sowie einige Bananen und Äpfel drängten sich bis an den Rand. Noch etwas, was er sich an diesem Abend nicht erklären konnte. Wo hatte Albin diese ganzen Süßigkeiten her? Hatte er etwa auch auf verkleidete Kinder gewartet, die an seine Haustür klingen würden?

„Das … das kann ich nicht."

„Doch, ich schenke sie dir. Es sind deine." Albin schaute ihn gutmütig an und hielt ihm die Laterne auffordernd vors Gesicht.

„Das ist zu viel." Das war es wirklich für einen einzelnen Jungen. Robbie konnte gar nicht fassen, dass Albin ihm all das einfach schenken wollte.

„Es ist genau richtig."

„Aber … warum?"

„Du bist ein Zauberer und weißt du, ich mag Zauberer einfach." Abermals zwinkerte er dem Jungen zu und Robbie griff vorsichtig nach der Laterne.

„Vielen Dank, Albin", brachte Robbie lediglich zustande, obwohl er so viel mehr sagen wollte.

Der alte Mann schien seine Unsicherheit zu sehen und lächelte freundlich, als würde er sagen wollen: „Schon in Ordnung, Junge."

Albin begleitete ihn über einen holzgetäfelten Flur zur Haustür. Doch ehe er sie öffnete, hielt der Mann noch einmal inne.

„Robbie, auch wenn in dieser scheußlichen Nacht nahezu alle Hexen und Zauberer ihr Leben lassen mussten, so ist ein bisschen Magie in Unterwald geblieben. Auf wenige Menschen ist sie sogar übergesprungen, weshalb Unterwald kein gewöhnlicher Ort ist. Er ist etwas ganz Besonderes, auch wenn viele Einfallspinsel etwas anderes behaupten. Vergiss das nicht, ja?"

Robbie nickt eifrig, obwohl die Bedeutung dieser Worte einem Zwölfjährigen vorerst verborgen bleiben würde.

„Pass auf dich auf, auf dem Heimweg."

„Mach ich", sagte Robbie, und als er sich von Albin verabschiedet hatte und durch die Haustür ins Freie trat, verschwendete er keinen Gedanken an die drei gemeinen Kinder, die ihn vorhin durch die halbe Stadt gejagt hatten.

Zu sehr hing er in Gedanken dem Gespräch mit Albin über Zauberer und Hexen nach. Dass es sie einst hier in Unterwald gegeben hatte fand er mega cool. Wenn das auch andere Kinder wüssten, würden sie diesen Ort mit Sicherheit nicht mehr so langweilig finden …

„Hey, du kleine Mistmade. Jetzt haben wir dich."

Die wütende Stimme ließ Robbie augenblicklich zusammenfahren. Er warf einen vorsichtigen Blick über seine Schulter und seine Augen weiteten sich.

Ihm ging nur ein einziger Gedanke durch den Kopf: *Oh Gott!*

Carolin, Joe und Patrick waren ihm anscheinend gefolgt. Das finstere Grinsen auf ihren Gesichtern wurde vom orangefarbenen Licht einer Laterne eingefangen.

Augenblicklich stürzte er vor, doch es war bereits zu spät. Die drei waren viel näher an ihm dran und selbst Boomer schien von ihrer Anwesenheit überrascht zu sein. Der Rüde begann erst nach einigen Sekunden zu knurren.

Patrick packte Robbie an seinen Schultern und Joe entriss ihm seine Süßigkeitenlaterne, ehe Boomer vorspringen und nach dem Arm des Jungen schnappen konnte.

„Halt ihn gefälligst zurück oder meine Mutter zeigt dich an und dann wird dieses Vieh eingeschläfert!", meckerte Carolin.

Robbie wusste nicht, ob das nur ein Versuch war, ihn einzuschüchtern, aber instinktiv presste er die Leine des Hundes enger an sich. Auf keinen Fall wollte er, dass seinem besten Freund etwas geschah. Sollten sie mit ihm doch machen, was sie wollten. Aber nicht mit Boomer!

Patrick ließ die Kürbislaterne vor seiner Brust hin und her baumeln.

„Das ist die Entschädigung für meine schmutzige Hose, klar?"

Robbie rührte sich nicht und nickte auch nicht zur Antwort.

„Alter, zeig mal her. Was ist das?"

Joe beugte sich neugierig über die Öffnung des Kürbis'.

„Das …", sagte Carolin und deutete auf den schmalen Mund der Laterne. „… ist der Jackpot an diesem Abend."

Die drei begannen gleichzeitig zu lachen.

„Wo hast du das Zeug her?", fragte Joe, ohne dass ihn die Antwort ernsthaft interessierte. „Von dem Alten, was? Bestimmt hatte er mit einem Winzling wie dir Mitleid."

Robbie sagte nichts. Eine innere Stimme riet ihm, dass es in diesem Moment besser war, nichts zu tun oder zu antworten, wenn er diese Situation schnellstmöglich beenden wollte. Auch wenn das bedeutete, dass er seine Süßigkeiten verlor. Bereits zum zweiten Mal an diesem Abend.

Vielleicht würde sich jetzt wenigstens eine brauchbare Fluchtmöglichkeit auftun.

„Ist doch auch scheiß egal", blaffte Carolin und wühlte in der Laterne herum. „Guck dir diesen geilen Scheiß an", verkündete sie und hielt triumphierend eine Packung mit Gummischnüren in die Luft.

Robbie fragte sich, was wohl mit seinen anderen Süßigkeiten passiert war, um die sie sich vorhin gestritten hatten. Wahrscheinlich hatten sie sie einfach achtlos im Dreck liegen gelassen. Süßigkeiten vom Boden aufzusammeln, gehörte mit Sicherheit nicht zu ihrem Stil.

„Wow, Erdnussflips …"

„… und Smarties!", stimmten Joe und Patrick mit ein und machten sich daran, die Packungen aufzureißen.

Genüsslich schob sich Carolin eine Gummischlange in den Mund und gab dabei einen übertriebenen Seufzer von sich.

„So gut, du verpasst echt was." Sie deutete auf die Packung in ihrer Hand und setzte ein falsches Lächeln auf.

„Oh ja. Da entgeht dir wirklich was. Vielen Dank, du kleiner Stinker." Joe prostete ihm mit der Tüte Erdnussflips zu.

Robbie wusste, dass sie ihn damit nur ärgern wollten. Das Schlimme war, dass sie es schafften. Er fühlte sich erniedrigt und war gleichzeitig stinksauer. Wütend ballte er die Hände zu Fäusten und Tränen des Zorns stiegen in seine Augen.

Das war so ungerecht! Wie konnte man nur zweimal an Halloween so ein Pech haben. Das konnte auch nur ihm pass…

„Hey!" Der entsetzte Aufschrei brachte Robbie zurück ins Hier und Jetzt.

„Was ist mit deinem Gesicht los, Patrick?" Joe deutete mit einer zitternden Hand auf den Kopf seines Freundes.

„Was soll denn sein?", fragte dieser irritiert.

„Deine Stirn, deine Wangen … sie verfärben sich", stotterte Carolin.

„Was?" Jetzt war es Patrick, der sich entsetzt anhörte.

Robbie stand nahe genug an der Gruppe dran, um zu erkennen, was Carolin meinte.

Auf Patricks Haut bildeten sich rote, orangefarbene, grüne, blaue und gelbe Flecken. Ihre Ausbreitung erinnerte Robbie an ein Experiment, welches er einmal im Biounterricht durchgeführt hatte. Dabei hatten er einen Tropfen Lebensmittelfarbe auf die Wasseroberfläche fallen lassen und dieser hatte sich dann nach allen Seiten hin langsam ausgebreitet.

Aber das hier war kein Experiment und Robbie konnte sich ebenso wenig wie die anderen Kinder erklären, was gerade vor sich ging.

Carolin schrie erneut erschrocken auf. Dieses Mal zeigte sie jedoch nicht auf jemand anderen, sondern auf sich selbst. Genauer gesagt auf ihren Arm.

„Ach du Scheiße." Joe verschränkte seine Arme hinter dem Kopf und torkelte einige Schritte zurück. Um Carolins Handgelenk schlängelte sich eine Gummischlange und machte sich daran, ihren Unterarm hinaufzukriechen.

Voller Staunen haftete Robbies Blick auf der roten Schlange. War sie etwa lebendig geworden?

Ehe Robbie seinen Gedanken weiterverfolgte, wurde er von Joes Hustenanfall aufgehalten. Der Junge beugte sich vor und für einen kurzen Moment sah es aus, als müsste er sich übergeben. Dann würgte er und hustete so kräftig, dass sich irgendetwas den Weg aus seiner Kehle nach oben bahnte und umgeben von einer dicken Speichelschicht auf dem Pflaster landete.

Zuerst erkannte Robbie nicht, um was es sich dabei handelte. Dann sah er, dass der Gegenstand aus zwei miteinander verbundenen Ovalen bestand. Wie eine Erdnuss samt Schale.

„Verdammt, was ist hier los?", brüllte Patrick und rieb verzweifelt über sein Gesicht, um die Farbe wegzuwischen, von der seine Freunde geredet hatten.

Vergeblich. Die Farbe blieb.

Carolin schlug wild auf ihren Arm, um das Vieh loszuwerden, und Joe setzte erneut zu einem Würgen an. „Keine Ahnung", brachte er unter einem weiteren Hustenanfall hervor.

„Leute, lasst uns abhauen. Irgendetwas stimmt hier ganz und gar nicht!" Carolin war die Erste, die, noch immer auf ihren Arm klopfend, die Flucht ergriff.

Joe und Patrick folgten ihr mit leichtem Zögern. Dabei ließ Patrick achtlos die Kürbislaterne fallen. Im Angesicht seiner akuten Farbproblematik schienen die Süßigkeiten nicht länger wichtig zu sein.

Erstaunlicherweise ging sie dabei nicht kaputt. Robbie blieb einige Sekunden wie angewurzelt stehen und schaute den drei rennenden Gestalten hinterher, bevor er sich bückte und den Inhalt der Laterne zusammenraffte.

Er warf einen misstrauischen Blick auf die Süßigkeiten und fragte sich, was gerade geschehen war und ob mit ihnen vielleicht irgendetwas nicht stimmte.

Allerdings hatte der nette alte Mann sie ihm geschenkt und Robbie konnte sich nicht vorstellen, dass er ihm damit hatte schaden wollen.

Wie von selbst glitt seine Hand zu einem Schokoriegel und ehe er sich versah, hatte er abgebissen. Er schmeckte das Karamell und die Schokolade und es geschah … nichts.

Kein Husten, kein lebendig gewordenes Tier und keine Verfärbung. Okay, Letzteres nahm er nur an, aber er fühlte sich normal.

An den Süßigkeiten konnte es also nicht gelegen haben. Oder etwa doch?

Robbie zuckte mit den Schultern. Er war nur froh, aus dieser Situation doch noch heil herausgekommen zu sein und dabei auch die Kürbislaterne behalten zu haben.

„Ich glaube, wir sollten wirklich nach Hause gehen", sagte er zu Boomer, der seine Worte mit einem Schwanzwedeln begrüßte und sich von Robbie den Kopf tätscheln ließ.

Robbie setzte seinen Weg fort, in einer Hand Boomers Leine, in der anderen den Schokoriegel mit der Kürbislaterne.

Er biss erneut ab und kam dieses Mal ohne Unterbrechung an seinem Zuhause an.

10. Kapitel
Angie

Das alte Holz der Treppenstufen vor dem Turmzimmer knarzte gefährlich laut unter ihrem stürmischen Fluchtversuch. Ben und Stanley waren die Ersten, die den dunklen Flur im ersten Stock des Hauses erreichten. Dicht gefolgt von Derek und Angie. Stanley war um einige Schritte schneller, weshalb er Ben in seiner Panik frontal gegen die Wand stieß und an ihm vorbei zur Haupttreppe eilte.

„Hey, Alter, was soll das?", beschwerte sich Ben keuchend und reihte sich hinter Derek ein.

Aber Stanley schenkte dem Protest seines Freundes keine Beachtung. Es sah für Angie ganz so aus, als zählte für ihn nur noch, schleunigst aus dieser unheimlichen Situation herauszukommen. Um jeden Preis. Da spielte die Freundschaft schon mal eine untergeordnete Rolle.

Stanley hatte bereits den Mittelteil der Haupttreppe im Foyer überwunden, als Derek, Ben und Angie den oberen Treppenabsatz erreichten. Sie wollten ihm gerade folgen, als Angie bemerkte, dass Stanley plötzlich wie versteinert in seinem Schritt innehielt.

„Was ist?", rief Derek und Angie bemerkte den unsicheren Unterton in seiner Stimme. Eine Tonfarbe, die sie bei ihm noch nie gehört hatte und die sie irritiert aufhorchen ließ.

Doch Stanley antwortete nicht.

Derek leuchtete mit seiner Taschenlampe den Körper seines Kumpels an. Stanleys Brust hob und senkte sich immer schneller, als würde ihn irgendetwas schockieren. *Nein, total aufreiben*, dachte Angie bei seinem Anblick.

Mit einem Ruck drehte er sich um und spurtete, zwei Treppenstufen gleichzeitig nehmend, zurück nach oben.

„Stanley, was tust du da? Wir müssen run…"

„Haltet eure Klappe", fuhr Stanley Ben an und deutete auf seine rechte Ohrmuschel. „Hört ihr das nicht?"

Angie senkte ihren Blick und konzentrierte sich auf ihre Umgebung. Erst hörte sie rein gar nichts, dann war da ein leises, unterschwelliges Raunen, das von Sekunde zu Sekunde deutlicher wurde. Ganz als ob unten im Foyer etwas passierte. Als ob sich jemand *unterhielt*. Stimmen, es waren Stimmen! Die anderen schienen sie auch zu hören.

„Vielleicht ist das jemand, der uns helfen kann?"

Stanley gab Ben einen Klaps auf den Hinterkopf. „Bist du bescheuert, außer uns ist niemand hier und außerdem …"

„… sind es zu viele", beendete Angie Stanleys Satz.

Definitiv wurde dieser undeutliche Geräuschpegel, den Angie sonst nur von der Mittagspause in der Halle ihrer Schule kannte, von mehr als nur einer Stimme erzeugt. Eher von einer ganzen Gruppe.

Es waren nicht nur seine Augen, die sich in diesem Moment der Erkenntnis angsterfüllt weiteten. Alle drei Jungs wirkten im Licht der Taschenlampe auf einmal viel zu blass und … gehetzt.

Die Tatsache, dass diese drei Dreckskerle sie noch vor wenigen Minuten auf die qualvollste Art und Weise erniedrigt hatten, rückte aufgrund der geisterhaften Geräusche um sie herum in den Hintergrund. Ihre Wut verflüchtigte sich zu reiner Aufmerksamkeit. Zorn würde ihr jetzt nicht helfen.

„Aber irgendwer muss doch hier sein!", sagte Derek und raufte sich die Haare.

„Irgendwer ist auch hier." Angies Stimme klang gedankenverloren und war kaum ein Flüstern.

„Was meinst du dam…", setzte Derek an. Seine Worte erstarben jedoch augenblicklich.

Im Foyer unter ihnen knisterten die übriggebliebenen Wandlampen, ehe sie angingen und den Raum mit warmem Licht fluteten. Eine aufleuchtende Lampe nach der anderen wand sich an der Treppe ihren Weg nach oben. Auf die vier Jugendlichen zu.

Ben war der Erste, der aufschrie, dicht gefolgt von Derek und Stanley.

Weder Angie noch die anderen begriffen, was hier geschah, also taten sie das Einzige, was ihnen in den Sinn kam: Sie rannten um ihr Leben.

Angie war die Letzte im Bunde. Sie folgte ihnen, ohne sich noch einmal zu der Treppe umzusehen. Aber hörte sie da Schritte hinter sich? Dumpf, schleichend und … verfolgend.

Stanley und Ben schlugen dieses Mal die andere Richtung ein. Auch auf dem Gang leuchteten die kerzenähnlich geformten Lampen nacheinander auf. Angie erkannte unter ihren Füßen den abgenutzten, alten Teppich, dessen Farbe durch die dicke Staubschicht kaum noch auszumachen war.

„Hey Leute, hier rein", rief Stanley unvermittelt und ehe sich Angie versah, waren sie in einem der vielen Schlafzimmer. Dieses sah ähnlich karg aus wie das, welches ihr Derek gezeigt hatte.

Stanley schlug die Tür hinter sich zu.

„Scheiße, was geht hier vor?" Jetzt raufte sich Ben die Haare und zerstörte damit seine aufwendig gestylte Frisur innerhalb eines Sekundenbruchteils.

Wie aufs Stichwort flammten auch hier die zwei Lampen neben dem Bettgestell auf.

„Scheiße", stieß er noch einmal aus.

„Das ist sicher alles nur ein blöder Witz", plapperte Derek. „Vielleicht erlauben sich ein paar unserer Klassenkameraden einen bösen Scherz."

„Oder die Jungs des gegnerischen Teams vom letzten Fußballspiel", warf Ben ein.

„Weil die ja auch jahrzehntealte Stromleitungen zum Laufen bringen können." Stanleys Stimme triefte nur so vor Sarkasmus.

„Die werden das sicher lange geplant haben und diese Geräusche sind nichts weiter als Soundeffekte."

Angie sah, wie Stanley erneut zu einer Antwort ansetzte, dann jedoch verstummte. Sein Blick glitt zu dem Spalt unter der Zimmertür. Das Licht auf dem Flur war um einiges heller. Stanley hielt sich einen Zeigefinger vor die Lippen und bedeutete allen, ruhig zu sein.

Angie war sichtlich fasziniert, wie er es schaffte, mit blankliegenden Nerven noch immer derart gefasst zu bleiben. Das hätte sie diesem Idioten gar nicht zugetraut.

Bens Augen weiteten sich nicht nur, nein, er riss sie regelrecht auf und trat einen Schritt zurück. Angie verfolgte seine angsterfüllte Reaktion mit fragender Miene, bis sie es auch hörte.

Da waren tatsächlich Schritte. Draußen auf dem Gang! Sie hatte sich doch nicht geirrt.

Sie waren jedoch kaum zu vernehmen. Als würden die Füße desjenigen, der sich jenseits der Tür bewegte, den Teppich lediglich streifen, statt ihn zu berühren.

Dann sahen ihn alle vier durch den Türspalt: den Schatten des mysteriösen Fremden.

Derek packte Stanley lautlos bei den Schultern und bedeutete ihm, zu verschwinden. Stanley schüttelte die Hand seines Freundes ab und verzog das Gesicht zu einer fragenden Grimasse. Derek deutete auf eine weitere Tür in der Wand links von ihnen und Stanley nickte.

Sie ließen Ben keine Zeit, aus seiner Schockstarre zu erwachen, und rissen ihn einfach mit.

Gott sei Dank war die Tür unverschlossen. Angie schlüpfte als Letzte in den Raum, dessen beigefarbene Wandfliesen auf die ehemalige Nutzung als Badezimmers hinwiesen. Was den Jungs nicht auffallen würde, da diese wie gebannt durch einen kleinen Spalt zu der Zimmertür schauten.

Angie reihte sich zwischen Dereks und Bens Kopf ein und beobachtete, wie der Schatten unter dem Türspalt einige Sekunden regungslos verharrte und dann wieder verschwand. Derek atmete erleichtert auf.

„Er ist weg", meinte Ben, obwohl sein Blick noch immer ungläubig auf die Tür gerichtet war.

„Es scheint so", bestätigte Stanley mit ernster Stimme, doch plötzlich zog er die Luft scharf ein.

Die Türklinke bewegte sich quälend langsam nach unten. Wie konnte das sein? Dort draußen war doch niemand mehr zu sehen!

Dereks Kinnlade klappte nach unten, unfähig, etwas zu sagen.

„Das ist unmöglich!", hauchte Stanley.

Das ist es, dachte Angie. *Eigentlich.*

Die Zimmertür öffnete sich mit dem typischen Knarzen aus sämtlichen amerikanischen Horrorfilmen. Mit dem Unterschied, dass vermutlich keiner in diesem

Raum wissen wollte, wie der verrückte Serienmörder o-
der was auch immer sie verfolgte, aussah. Stattdessen
hechtete Ben zu einer weiteren Tür, die ebenfalls unverschlossen war und hinaus auf den Gang führte.

Keiner schaute zurück, auch Angie nicht. Keiner
wollte sehen, wer da auf dem Flur vor der Tür gestanden
hatte. Es war die nackte Panik, die die Gruppe weiter
entlangtrieb, tiefer in das Menlowhaus.

„Wartet!" Derek, Stanley und Angie waren bereits an
der verschnörkelten schwarzen Tür vorbeigerannt, als
Ben sie zurückrief.

„Vielleicht ist hier ein Ausgang!"

Angie hatte keine Ahnung, wie er auf diese Idee kam.
Wahrscheinlich weil diese Tür etwas edler aussah und
sich damit von den gewöhnlichen Schlafzimmertüren
abhob.

„Was, wie kommst du darauf?", sprach Derek laut aus,
was sie dachte.

Ehe irgendjemand eine weitere dumme Frage stellen
konnte, betätigte er die Türklinke. Er musste etwas an
ihr ruckeln, doch schließlich sprang sie auf. Tatsächlich
kam ein weiteres Treppenhaus zum Vorschein.

„Lass mich durch", drängelte Stanley von hinten, als
er anscheinend erkannte, dass sein Freund doch zu etwas
nutze war, und schob diesen unsanft zur Seite.

Da ist er also wieder, dachte Angie. *Der echte Stanley.
Das Arschloch.*

Doch anstatt nach unten zu rennen, stolperte Stanley
über irgendetwas und fiel auf die Stufen, die vermutlich
zu dem zweiten Turm des Hauses hinaufführten.

Er schlug mit seinem Kinn auf einer Kante auf und gab
ein schmerzerfülltes Stöhnen von sich.

„Welcher Dummkopf war das?" Mit einer wutverzerrten Grimasse drehte er sich zu den anderen um.

„Was meinst du?" Derek starrte ihn ungläubig an.

„Welcher von euch miesen Pissern hat mir ein Bein gestellt?"

„Niemand hat dir ein Bein gestellt, Stanley. Du bist gestürzt." Es war Ben, der jetzt zu seinem Freund eilte und ihm auf die Beine helfen wollte.

„Jaja, schon klar", krächzte er und betupfte sein blutendes Kinn, während Ben ihn stützte. „Wahrscheinlich war es diese kleine Schlampe."

Stanley erdolchte Angie mit seinem Blick. Doch ehe sie etwas zu ihrer Verteidigung hervorbringen konnte – sie hatte ihm wirklich kein Bein gestellt – begannen die hölzernen Stufen unter Stanleys und Bens Gewicht zu ächzen.

Mit gerunzelter Stirn schaute Stanley auf die Treppenstufen unter sich, da gab das alte Holz auch schon nach.

Ein knarzender, berstender Laut ertönte, gefolgt von zwei ineinander verwobenen Schreien, die viel zu abrupt endeten.

„Oh Gott", hauchte Derek, dessen Augen weit aufgerissen waren.

Angie starrte völlig fassungslos auf das Loch an der Stelle, wo gerade noch die zwei Jugendlichen gestanden hatten.

„Scheiße! Ben, Stanley?" Vorsichtig machte Derek an der Wand einen Schritt vor und versuchte immer wieder nach unten zu sehen. Etwas zu erkennen. Dabei stieß er sämtliche Schimpfwörter aus, die der deutsche Sprachschatz zu bieten hatte.

Angie wollte ihn noch daran erinnern, auf sich aufzupassen. Sie war jedoch nicht in der Lage, auch nur einen einzigen Ton von sich zu geben. „Sie liegen dort unten!", rief er schließlich. „Ich sehe sie. Wir müssen zu ihnen."

Er zeigte auf die Treppenstufen, die nach unten führten.

„Wir müssen vorsichtig sein. Ganz langsam, okay? Und nacheinander."

Angie nickte wie in Trance und folgte Derek mit einigem Abstand. Zu ihrem Glück trugen die Stufen ihr Gewicht bis nach unten.

Derek erreichte zuerst das schwach erleuchtete Ende des Treppenhauses.

Ohne zu zögern, spurtete er mit seinem kräftigsten Fußballsprint zu seinen Freunden, die reglos in diesem Chaos lagen, als er plötzlich mitten in der Bewegung abrupt stoppte. Ein klaffendes Geräusch ertönte – als hätte jemand ein Stück Stoff zerrissen. Es folgte ein schwaches Gurgeln, dann Stille.

Angie schlug bei dem Anblick seines merkwürdig schlaffen Körpers die Hände vors Gesicht.

Derek stand mit dem Rücken zu ihr und schien mehr oder weniger zu schweben. Von der Eisenstange, die aus seinem Nacken ragte, tropfte dunkelrotes Blut und auf einen Schlag wurde ihr bewusst, dass es kein Stoff war, der dieses reißende Geräusch verursacht hatte, sondern Haut. Dereks Haut, als sich die Stange durch sie hindurchgebohrt hatte.

Vor Derek lag Bens Leiche, seltsam verdreht und noch immer mit weit aufgerissenen Augen. Rechts von ihm ruhte Stanleys toter Körper in einer ähnlich verqueren Position.

Seltsamerweise kam ihr bei diesem Anblick der Gedanke, dass ein Sturz aus dieser Höhe nicht unbedingt tödlich enden musste. In diesem Haus jedoch anscheinend schon.

Erst jetzt erfasste sie das blanke Entsetzen. Erst mit diesem Gesamtbild der drei toten Jungs. Sie erbebte am ganzen Körper, krallte die Fingerspitzen in ihre Wangen und taumelte rückwärts. Weg von diesem Anblick blanken Horrors.

Draußen auf dem Gang im Kellergeschoss fühlte sie noch immer das Grauen, das in ihren Gliedmaßen emporkroch, aber immerhin kam sie hier wieder zu Atem.

Ihre Lungenflügel hatten sich durch die vorangegangene Flucht und die Aufregung in zwei schmerzhafte Geschwüre verwandelt. Mit pochendem Herzen zwang sich Angie, langsam und tief ein- und wieder auszuatmen. So lange, bis sie nicht mehr das Gefühl hatte, an ihren eigenen Organen zu ersticken.

Ein lauter Knall ließ sie zusammenfahren und brachte ihren Puls augenblicklich erneut zum Rasen. War das etwa ein Pistolenschuss gewesen?

Zaghaft drehte sie ihren Kopf und blickte entlang des Ganges. Weiter hinten rieselten Staubkörner in dem kaum vorhandenen Licht der flachen, runden Deckenlampen, die mit dicken Spinnenweben überzogen waren. Eine Tür klaffte schräg in ihren Angeln hängend aus der Wand.

Wie gebannt starrte Angie auf das zertrümmerte Holz, noch immer starr vor Schock und hoffnungslos überfordert.

Ein kräftiger Schatten trat durch die zerschmetterte Tür auf den Gang hinaus. In seinen Armen hielt er einen Körper. Erst nach mehrmaligem Blinzeln erkannte Angie, dass es sich um eine Frau handelte, die eine Hand mit der anderen umklammerte und sich dicht an die Brust des …

Hätte Angie noch Kraft gehabt, hätte sie in diesem Moment sicher instinktiv aufgeschrien. Hatte sie aber nicht und insgeheim wusste sie, dass sie heute Abend so schnell nichts mehr schockte.

Der Schatten passte zu einem lebendig gewordenen Monster mit wolfsähnlichem Kopf und kräftigen Gliedmaßen.

Ein Werwolf, dachte Angie und fand sich in den türkisfarbenen, raubtierhaften Augen des Wesens wieder. Es neigte seinen Kopf zur Seite und fixierte sie einige Sekunden lang. Als prüfte es, ob sie eine Gefahr darstellte. Fast befürchtete sie, dass es die Frau in seinen Armen fallen lassen und dafür auf sie zuspringen würde, doch das tat es nicht. Stattdessen wandte der Werwolf seinen Kopf wieder ab und trug die Frau durch eine weitere Tür.

Vielleicht zu einem weiteren verwinkelten Treppenhaus?

Ehe Angie einen Gedanken daran verschwenden konnte, spürte sie einen leichten Luftzug hinter sich. In ihrem Sichtfeld neben ihr tauchte eine weitere Gestalt auf. Angie war nicht besonders überrascht. Sie wusste, wie sich ihre beste Freundin ankündigte, wenn sie sie nicht gerade zu Tode erschrecken wollte.

„Ich … ich dachte wirklich, dieses Jahr wird alles anders."

Die Melancholie in Angies Stimme war nicht zu überhören.

Es hätte anders werden sollen als die Jahre zuvor. Dieses Date hätte echt sein sollen und vollkommen ernst gemeint. Nur ein einziges Mal hatte sie erleben wollen, dass sich jemand wirklich für sie interessierte und sich nicht über sie lustig machte.

Renée zog neben ihr an ihrer Zigarette und blies divenhaft den Rauch in Richtung der drei toten Jungs.

„Ich weiß, Süße, ich weiß." Sie reichte Angie ihre Zigarette. Nach kurzem Zögern packte sie den Glimmstängel und nahm einen tiefen Zug von ihm. Renées Blick verdüsterte sich. „Was haben sie dir dieses Mal angetan?"

„Hast du das nicht mitbekommen?", fragte Angie leicht gereizt. „Das hast du dir doch sicher nicht entgehen lassen."

„Hey, ich habe dir gesagt, ich nerve dich heute Nacht nicht, also habe ich das auch nicht getan."

Renée hob entwaffnend die Hände und Angie stöhnte auf. „Sie haben mich in eine Falle gelockt. Mich gefilmt beim rummachen. Es war alles nur Show."

Dafür, dass diese Wunde noch mit ziemlich schmerzhafter Intensität in ihrer Brust pochte, brachte Angie die Worte erstaunlich schnell über ihre Lippen. Sie versuchte dabei so kühl wie möglich zu klingen und kämpfte gegen die Tränen an, die sich in ihre Augenwinkel drängten.

„Männer", stieß Renée aus, ließ sich die Zigarette zurückreichen und schnippte sie zu den toten Jungs. „Sie sind einfach alle gleich."

Einen Moment lang herrschte einvernehmliches Schweigen zwischen den beiden Mädchen.

„Sie werden nach ihnen suchen", begann Angie schließlich und nahm einen tiefen, klärenden Atemzug. „Ihre Eltern, die Polizei, einfach alle."

„Keine Sorge. Das Haus kümmert sich darum." Renée legte ihrer Freundin eine Hand auf die Schulter und massierte sie sanft. „Sie werden sie nicht finden. Das tun sie nie."

Angie nickte zur Antwort. Erst zaghaft, dann energischer.

„Außerdem ..." Renée wackelte verschwörerisch mit den Augenbrauen. „... laufen Teenager schon mal weg. So wie die Fußballboys."

Die vier Fußballboys, die letztes Jahr zu Halloween in das Menlowhaus eingestiegen waren und dabei mit einem illegalen Feuer im Foyer beinahe die gesamte Hütte niedergebrannt hatten. Angie war von einem ebenfalls eingeladen worden. *Zu einem ganz besonderen Ausflug,* wie er es genannt hatte. Dabei hatte der Kerl sie nur besoffen machen wollen, um sich anschließend mit ihr zu vergnügen. Doch das Haus hatte dazwischengefunkt und die Jungs waren ... weggelaufen.

Renée reichte ihr jetzt eine Flasche Wein, der seinem Etikett nach bereits ziemlich alt und damit auch ziemlich teuer sein musste. Angie ignorierte dieses Qualitätsmerkmal geflissentlich, setzte die Öffnung an ihre Lippen und nahm einen großen Schluck der bittersüßen Flüssigkeit.

„Du hast recht, Renée." Angie schaute zu Derek, der ihr heute Abend nette Dinge ins Ohr geflüstert hatte. Der dafür gesorgt hatte, dass sie sich wie etwas ganz Besonderes fühlte. Der sie mit seinen bescheuerten Freunden hintergangen hatte und jetzt tot an dieser Eisenstange hing.

Und der es nicht anders verdient hat, dachte Angie. „Sie sind alle gleich."

„Außerdem sind sie selbst schuld. Wer kommt auch auf diese bescheuerte Idee, an Halloween in das Horrorhaus Unterwalds einzusteigen. Ich meine, jeder kennt doch die Geschichten." Renée rollte genervt mit den Augen und zündete sich mit einem Streichholz eine weitere Zigarette an.

Angie nickte kaum merklich und erinnerte sich an den Tag, als sie das erste Mal in dieses Haus gestolpert war. Sie sah das gleißende Licht des Augustnachmittags vor ihren Augen und wie sie sich beim Versteckspielen mit ihren kindlichen Freunden nicht im Wald, sondern im Foyer des Menlowhauses versteckt hatte. Wie sie dabei zum ersten Mal Renée begegnet war, die anfangs durch ihr seltsames Äußeres zwar gruselig gewirkt hatte, aber schnell zu ihrer besten Freundin geworden war. Anfangs hatte sie nicht verstanden, warum sie die Einzige war, die Renée sah. Ihre Schulfreundinnen hatten schon früh angefangen, sie für verrückt zu halten, weil sie mit Leuten sprach, die gar nicht da waren.

Erst später begriff sie, dass sie Personen wahrnahm, die anderen verbogen blieben. So wie Renée, die das restliche Jahr über nur in ihrer geisterhaften Gestalt zu sehen war, heute, da die Grenze zwischen Leben und Tod am durchlässigsten war, jedoch wie alle anderen Toten in Fleisch und Blut durch die Gegend wandelte.

„Sag mal, war das vorhin ein echter Werwolf?"

Angie zuckte mit den Schultern. „Es scheint so."

Renée nahm ihr die Flasche ab und spülte ihre Kehle mit dem Wein. „In diesem Haus wird es echt nie langweilig."

„Das kannst du laut sagen", stimmte Angie ihrer Freundin zu. Diese war damals auf Menlows berüchtigter letzter Halloweenparty in den Zwanzigern umgekommen und ging damit mittlerweile erstaunlich locker um.

Auf der anderen Seite, was für eine Wahl hatte sie schon? Würde sie sich darüber ärgern, würde sie das nicht nur bis an ihr Lebensende, sondern bis in alle Ewigkeit tun.

„Apropos Langeweile, was hast du heute Abend noch vor?"

„Ich schätze, heimgehen." Unschlüssig trat Angie von einem Bein auf das andere.

„Es ist Halloween, Angie. Du wirst doch jetzt nicht einfach nach Hause abhauen."

„Hast du etwa eine bessere Idee?"

„Na klar, du kannst doch bleiben, das wird lustig."

Jetzt war Angie es, die mit den Augen rollte. „Ich weiß nicht, Renée." Es war ja nicht so, dass sie heute Abend zugesehen hatte, wie drei Menschen gestorben waren, auch wenn es nicht ihre Schuld gewesen war.

„Vergiss diese Idioten." Renée legte ihr einen Arm um die Schultern und begleitete sie zum nächsten Treppenhaus.

„Ich verspreche dir, diese Nacht wird großartig. Menlow schmeißt noch immer die besten Halloweenpartys in diesem Kaff."

„Na schön", stimmte Angie schließlich seufzend zu. „Aber nur, wenn dieser SS-Horbrecht nicht auftaucht."

„Bist du verrückt? Der fristet noch immer sein verhungertes Dasein unter der Erde und da kann dieser Widerling auch schön bleiben."

Renée hatte ihr einst davon erzählt, was die Dorfbewohner mit dem Nazi gemacht hatten. Dass sie ihn in einen tiefen Schacht im Keller des Hauses geworfen hatten, wo er bei lebendigem Leib verhungern sollte. Kein schneller Tod. Nicht für jemanden wie ihn. Die Geister des Hauses hatten alles mitangesehen. Auch Renée.

„Ach, Angie, da wäre nur eine Sache, die du nachher beachten solltest. Halte dich lieber von Menlows Torte um Mitternacht fern. Du weißt ja, er hat da noch immer diese Komplexe."

Renée bedachte Angie mit einem verschmitzten Lächeln und so bizarr diese Szene auch war, brachen beide augenblicklich in schallendes Gelächter aus.

„Danke für den Tipp, Renée", witzelte Angie, als sie sich wieder beruhigt hatten.

„Für meine beste Freundin." Renée deutete eine Verbeugung an. „Stets zu Euren Diensten."

Dann richtete sie sich auf, packte sie an beiden Handgelenken und machte sich mit ihr auf dem Weg in die obere Etage.

„Beste Freundin", hörte man Angie die Wände entlang spotten. „Auf der Party vorhin haben *sich* schon wieder welche über die Story damals im Mädchenklo lustig gemacht, als du mich wegen dieser nervigen Mathelehrerin zur Weißglut getrieben hast."

„Das war ja auch eine blöde Kuh. Drückt dir einfach eine schlechte Note rein, nur weil du die Grafiken nicht korrekt beschriftet hast!"

„Die Sache wird mir dank dir ewig nachhängen, Renée", beschwerte sich Angie.

„Und es war mir eine Ehre", flötete sie. Angie boxte leicht gegen ihre Schulter, woraufhin die beiden kichernd hinter einer weiteren der vielen Türen in diesem Horrorhaus verschwanden.

An Halloween konnte sie ohnehin nichts mehr überraschen oder schocken, das hatte ihr dieser Abend erneut deutlich gezeigt.

Ein Tag nach Halloween
in Unterwald

Scheiße, wann war Angie das letzte Mal derart verkatert gewesen? Sie konnte sich beim besten Willen nicht erinnern, wann ihr zuletzt nach einer Party so schlecht gewesen war.

Dennoch rannte sie weiter, ließ sich von der leichten Steigung des Schotterweges nicht aufhalten und ignorierte das stetige Pochen hinter ihren Schläfen.

Als der Weg wieder gerader wurde, würgte sie auf nicht sehr damenhafte Weise einen Klumpen Schleim hervor und spuckte ihn auf das dürre Gras am Wegrand. Wie viele Zigaretten hatte sie mit Renée gestern Abend noch geraucht?

Eindeutig zu viele, dafür dass sie sonst die Finger von diesen kleinen, süchtig machenden Teufelchen ließ.

Auf einer Feier zu rauchen, war definitiv die schlechteste Idee des Jahrhunderts gewesen. Leider stellte sich diese Erkenntnis immer erst am nächsten Tag ein, wenn sie am liebsten Teerbrocken aus ihrer Lunge schleudern würde. Mal ganz abgesehen von den Drinks, von denen sie mit Sicherheit auch mehr als genug gehabt hatte.

Die herbstliche Mittagssonne fiel mit ihrer ganzen Kraft durch die Äste der Fichten und verwandelte den Weg vor ihr in ein Spiel aus Licht und Schatten.

Sie war nicht vor vier Uhr nachts zu Hause gewesen. Mit Verblüffen hatte sie festgestellt, dass ihre Eltern anscheinend ebenso lange auf der Party der Hollands gewesen waren. Aus dem Schlafzimmer hatte sie noch leise Stimmen gehört, als sie sich die Treppe hinauf in ihr Zimmer geschlichen hatte. Kein Wunder, bei den Hollands schien es gestern Abend richtig abgegangen zu sein.

Angie joggte am Waldrand über dem Haus entlang und warf einen Blick in den Garten des Anwesens. Überall lagen leere Sekt- und Bierflaschen und in dem hauseigenen Pool schwammen einige Kleidungsstücke.

Angie wollte gar nicht wissen, warum dort auf der Wasseroberfläche Pullover und Shirts trieben, und wandte ihren Blick schnell ab.

Dabei bemerkte sie einen Mann, der auf dem Grundstück nebenan mit einer Tasse auf seiner Veranda stand. Angie wäre beinahe rot angelaufen, als sie bewusst wahrnahm, dass er oberkörperfrei und lediglich mit einer schwarzen Jeans bekleidet an einem der mächtigen Holzbalken lehnte, aus denen sein Heim errichtet war.

Auch wenn Angie längst nicht alle Leute in diesem Dorf kannte, die nicht ihrer Altersgruppe entsprachen, ahnte sie, dass es sich um Drake Schwarz handeln musste. Ein Mann, der sich mit seinem Holzhandel ein kleines Imperium in der Gegend aufgebaut hatte.

Angie bemerkte gar nicht, wie sie ihren Schritt verlangsamte, um zu ihm rüberzublicken. Was definitiv nicht nur an dem ziemlich heißen Anblick lag, den sein durchtrainierter Körper bot. Sie konnte es sich nicht erklären, aber diese Augen …

Diese hellblauen Augen, mit denen er in träger Aufmerksamkeit zu ihr hochstarrte, kamen ihr so bekannt vor.

Hinter ihm öffnete sich die Schiebetür der Veranda und eine Frau trat heraus. Sie hatte sich eine karierte Bluse übergeworfen und schmiegte sich mit ihren nackten Beinen an den Hintern ihres Mannes.

Mit einer Hand griff sie um seine Schulter und drückte ihm einen Kuss auf den Hals. Erst da bemerkte Angie ihren Verband.

Sie erinnerte sich an den Schatten in dem Keller letzte Nacht. Erinnerte sich an die Frau in seinen Armen … und ihre Miene wurde ausdruckslos, ehe sie ihren Schritt wieder anzog und weiterlief.

Sie drehte gern diese Runde, die auf beiden Seiten um Underwood herumführte. Heute kam sie ihr jedoch wesentlich länger und anstrengender vor als üblich. Nichtsdestotrotz quälte sie sich weiter. Eine anstrengende Laufeinheit war das beste Mittel gegen einen hartnäckigen Kater.

Auf dem Rückweg entdeckte sie Robbie auf einer Bank am Wiesenrein sitzen. Boomer lag geduldig vor ihm, seine Lefzen zu diesem typischen Hundegrinsen verzogen, und blinzelte gegen die Sonne.

Sie musste kurz anhalten und Luft holen, bevor sie den steilen Stieg hinauf zu ihm meisterte. Diese verdammten Zigaretten …

„Hey, Angie!", wurde sie von Robbie bereits von Weitem begrüßt.

Boomer stand sofort auf und galoppierte in ihre Richtung.

„Hey ihr zwei", grüßte sie zurück und tätschelte den um sie herumscharwenzelnden Schäferhund.

„Na, wie ich sehe, war Halloween gestern für dich erfolgreich", sagte Angie und deutete auf die Kürbislaterne auf Robbies Schoß, während sie sich völlig entkräftet neben ihn auf die Bank fallen ließ.

„Jepp, kann man wohl so sagen", bestätigte Robbie mit einem breiten Lächeln und reichte Angie ein Schokobonbon. „Hier, für dich."

Obwohl ihr immer noch etwas flau im Magen war, nahm sie das Bonbon dankbar an. Vielleicht war etwas Zucker in diesem Moment genau das Richtige.

„Pass nur gut auf deine Ausbeute auf. Nicht, dass sie dir noch geklaut wird."

Angie stützte sich auf ihre Knie und deutete auf die Laterne.

„Keine Sorge, die klaut mir so schnell keiner."

Sie entdeckte zwischen seinen kleinen Fingern einen smaragdgrünen Stein und auf seine Lippen schob sich mehr und mehr ein Lächeln.

„Was gibt es denn zu grinsen?", schien Angie ihn aus seinen Gedanken zu reißen und der Junge schüttelte eilig den Kopf.

„Ach nichts. War es bei dir gestern auch schön?"

„Es war ganz in Ordnung."

Das war die Wahrheit. Trotz der ganzen Vorkommnisse war Menlows Party der Hammer gewesen und sie wurde am Ende nicht vergiftet oder erschossen.

Renée hatte ihr einmal erklärt, dass das Haus etwas gegen ungebetene Besucher hätte. Bei ihr schien es jedoch eine Ausnahme zu machen. Nicht zuletzt deshalb, weil sie dieses Gebäude schätzte und über einen ganz besonderen Draht zu seinen Bewohnern verfügte.

„Du, Angie. Wusstest du eigentlich, dass es in Unterwald früher richtige Zauberer und Hexen gab?"

Angie lehnte sich zurück und schlug die Beine übereinander.

„Zauberer und Hexen, ehrlich?"

Auf ihren Lippen breitete sich ein amüsiertes Lächeln aus.

„Ja, wirklich!", sagte der Junge aufgeregt. „Dieser Ort hier ist magisch."

Jetzt musste Angie noch mehr schmunzeln. Sie dachte an ihre Fähigkeit, mit längst verstorbenen Menschen zu kommunizieren, und an das Menlowhaus, das alljährlich an Halloween zu neuem Leben erwachte. Dazu kam der Werwolf und wer wusste, was sonst noch in diesem Dorf an merkwürdigen Wesen herumgeisterte.

„Was du nicht sagst. Zauberer und Hexen, ja? Bist du dir ganz sicher?" Angie zog in gespielter Skepsis eine Augenbraue nach oben und gab damit dem Jungen eine Vorlage, ihr alles zu erzählen.

Sie spürte die warmen Sonnenstrahlen auf ihrer Wange und schloss kurz die Augen, bis sie Robbies Stimme auf die Bank am Wiesenrain zurückholte und sie ihm aufmerksam zuhörte.

„Auf jeden Fall! Pass auf, gestern habe ich einen alten Mann getroffen und der hat mir alles darüber erzählt …"

Ende

Danksagung

Wenn man mit Stephen King, R. L. Stine und Co. aufwächst und selbst gerne schreibt, ist es wohl unumgänglich, selbst über eine eigene Gruselgeschichte nachzudenken. Das Resultat, lieber Leser, ist „Halloween in Unterwald" – eine Geschichte, von der ich zuerst selbst nicht geglaubt hatte, sie aufzuschreiben, geschweige denn, zu veröffentlichen.

Einfach, weil ein Buch unter dreihundert Seiten für viele kein richtiges Buch darstellt und man mit einer Novelle vermutlich gar nicht erst auf Verlagssuche gehen sollte. Und dennoch bist Du bei dieser Danksagung angekommen, hast der Geschichte von Angie, Robbie und den Gaunern deine Aufmerksamkeit und ihr damit einen Platz in der Welt geschenkt und dafür bedanke ich mich von ganzem Herzen bei dir.

Der Sprung ins Self Publishing war ein Ungewisser – zum Glück hatte ich viele liebe Menschen an meiner Seite, die mich dabei von der ersten Seite an unterstützt haben.

Angefangen bei meinem Freund Sebastian, der mir nicht nur durch seinen Einfall die zündende Idee für Robbies Geschichte geliefert hat, sondern mich auch immer mit Essen versorgte und verhinderte, dass unsere Wohnung einstaubt, während ich mal wieder vertieft in die Zeilen vor meinem Laptop saß. Ich verspreche dir, ab jetzt werde ich dir auch mal wieder meinen zusammengerührten „Bramf" servieren und dich mit meinen Putzkünsten verzaubern ;).

Außerdem danke ich meiner Familie, die mich immer unterstützt, wo es nur geht.

Ich danke Volker, der als erster Testleser diese Geschichte auf Herz und Nieren geprüft hat und mir viele wertvolle Tipps mitgab.

Ein ganz besonderer Dank geht an Sarah, die nicht nur dieses wunderhübsche Cover entworfen hat, sondern mir auch sonst immer mit einem helfenden Rat zur Seite stand.

Zudem geht ein riesiges Dankeschön an meine Lektorin Klaudia, die mir durch ihre Anmerkungen und Hilfestellungen unglaublich geholfen hat, sowie Larissa, die diese Novelle in Form gebracht hat. Ich bin wirklich froh, Euch Wortverzierer gefunden zu haben.

Und dann sind da noch meine Instagrambegleiter. Ihr glaubt gar nicht, wie sehr ich mich über jede einzelne Eurer Reaktionen auf meine Beiträge freue.

Zum Schluss noch eine letzte Bitte an Dich, lieber Leser. Ich würde mich wahnsinnig freuen zu erfahren, wie Dir meine Geschichte gefallen hat. Also scheue Dich nicht davor, mich zu kontaktieren oder eine Rezension zu verfassen. Ich bin für jede Hilfe dankbar und ich hoffe natürlich, wir lesen uns bald wieder :).

MARIA WINTER

Über die Autorin

Maria Winter, 1997 geboren, ist gelernte Verwaltungs-fachangestellte und lebt mit ihrem Partner in einem be-schaulichen Örtchen im Thüringer Wald.

Schon in der Grundschulzeit verbrachte sie ihre mehr oder weniger arbeitsfreien Minuten in der Schulstunde kritzelnd an kleinen, noch ziemlich ungefährlichen Ge-schichten über ihre Lieblingsnachtwesen. Während in der Regelschule in der „Twilight – Phase" alle anderen den Vampir anschmachteten, wollte sie am liebsten mit dem Werwolf durch den Wald streifen.

Auf ihrem Instagramprofil „mariasbuecherbox" postet sie regelmäßig über ihre Lieblingsbücher und ihre ver-fassten Rezensionen dazu.

Weitere Informationen und Kontakt zur Autorin fin-den Sie unter www.mariawinterautor.de